経験済みなキミと、経験ゼロなオレが、お付き合いする話。その7

長岡マキ子

ファンタジア文庫

3335

口絵・本文イラスト　ｍａｇａｋｏ

CONTENTS

プロローグ

三年前。
高二の終わり……三月下旬の俺の誕生日。
桜吹雪の吹き荒れる、荒川の土手で、月愛《るな》が恥ずかしそうに俺に言った。
——あたし、エッチしたい。……リュートとなら。
その声色も、伏せたまつ毛の影が落ちる頬が、桜色に染まっていたことも。
——生まれて初めて、そう思ったんだ……。
そうつぶやいたときの、月愛のまばたきの回数も、タイミングも。
何度も見たお気に入りの映画のワンシーンのように、瞼《まぶた》の裏に克明に焼き付いている。
それでも、今もなお、俺は過去の記憶に手を伸ばす。
あの狂おしくさんざめくような、青春の日々に。

6

♣

土手からの帰り道、俺の頭はフワフワしていた。

――あたし、エッチしたい。……リュートとなら。

さっき月愛に言われた言葉だけが、脳裏に渦巻いていた。

心臓がもうずっと速い。速いまま一定の速度で固定されてしまって、微熱が平熱になったような、穏やかな興奮状態が続いていた。

月愛と繋《つな》がれた左手から、俺のこの高揚が伝わってしまうんじゃないかと思うと恥ずかしかった。

「…………」

月愛も赤い顔をして、ずっと無言だった。

俺たちはだいぶA駅の近くまで戻ってきていて、駅前の繁華街を通っていた。

通り過ぎる景色にふと目を留《と》めたとき、心臓が一際《ひときわ》大きく跳ね上がった。

ホテル　ジ・アース

休憩　9，000円～

宿泊　16，500円～

煌《きら》びやかな看板には、そんな文字が躍っていた。

思わず月愛を見てしまった。

「…………」

目が合った。彼女も看板を見ていたのは、気まずげに目を逸《そ》らした反応でわかった。

「け、けっこう高いんだね……」

話題にしないのもアレかなと思って、なるべくしらじらしくならないように言った。

「きゅ、休憩で九千円って……」

「だ、ね……駅前だからかな？」

なんてこった。これなら江ノ島の旅館の宿泊料金の方がずっと安かった。

そんなお金、今は持ってない。

「月愛んち、今日おばあさん、いる……よ、ね？」

この流れでは下心が見え透いて恥ずかしいけど、一応訊《き》いてみた。

月愛は申し訳なさそうに頷《うなず》いた。

「うん……おとーさんもいる」

「そ、そっか」

月愛のお父さんは営業職なので、休みが不定で平日に家にいることもある。

でも……よく考えたら、それはむしろ好都合かもしれない。

俺は、以前関家《せきや》さんから聞いたことを思い出していた。

あれは、修学旅行のあと、関家さんに山名さんとの一夜について、わりと突っ込んだことを訊いたときだった。

——やっぱり、初めてって難しいんですか？

——さぁ……。俺、初めての子とヤるの初めてだし。でも、痛がってたらあんま無理したくないじゃん？　ただでさえ相手は未成年だし。

——そんなこと気にするんですね。

——だってほら、一応あるだろ、『淫行条例』とか。

あのあと、俺は関家さんと別れてから「淫行条例」について調べてみた。

何人《なんぴと》も、青少年とみだらな性交又は性交類似行為を行ってはならない。

み……みだらな？

何人も？

俺は？　俺自身も青少年なのですが、青少年である月愛と、愛のある性交をしてはいけないのですか？

わけがわからなすぎて、すぐに解説サイト的なものに飛んだ。そしてわかったことをまとめると。


十八歳未満の青少年同士でも、淫行条例に抵触することはある。

婚約中や「婚約に準ずる真摯な交際関係」にある場合は、この限りではない。


ということだった。

この「婚約に準ずる真摯な交際」という文言に、俺は頭を悩ませた。

俺は月愛と、ゆくゆくは結婚するつもりだ。月愛もそう思ってくれていると思う。けれども、誰がそれを証明できる？　条例でそんなことを言われてしまったら。なんでそうなるかはわからないけど、もし万が一、俺たちがラブホテルで行為を行っている最中に、部屋に警察が踏み込んできて「淫行条例違反だ！」と騒いだときに、俺たちの「真摯な交際」を証言してくれる大人が要るんじゃないか？

だからつまり、そういうことをする前に、月愛の保護者の方くらいには、俺たちの結婚の意思を聞いておいてもらうべきだろう。

「……このあと、どうする？」

駅前まで来たとき、月愛が遠慮がちに言った。


ヤりたい。


俺の顔にはそう書いてあっただろう。

そして月愛も、俺と同じ気持ちでいてくれているのがわかっていた。

だからこそ。

「……家、送ってくよ」

さすがに「お父さんにヤる許可をもらいたい」とは言えなくて、とりあえず家まで行く段取りをつけた。

「えっ……う、うん」

月愛は露骨にしょんぼりした顔になった。もうデートが終わりなのかと思ったのだろう。

そんなことはない。

待っててくれ、月愛。

静かな闘志を秘めて、いつものどかな住宅街を歩いた。

「…………」

家に着くと、月愛は無言で自宅の門扉《もんぴ》に触れ、俺を振り返った。

「あ、ちょっと待って、月愛……」

「ん……？」

月愛は首を傾《かし》げて俺を見る。

「…………」

──お父さん、俺は、月愛さんとの将来を真剣に考えています。

言うべき言葉を心で唱えていると、頭の中の仮想月愛パパが口を開いた。

──はぁ。だからなんだっていうんだね？　君はまだ高校生だろ？　口先だけならなんだって言えるんだよ。うちの娘をどうやって幸せにするつもりだ？　明確なビジョンを言ってみなさい。

「…………」

頭の中の俺は、言葉を失った。

あと数日で高三になる俺は、これから猛勉強をして偏差値を二十近く上げて、なんとかして法応大学の合格圏内に入らなければいけない。

そうして努力が実っていい大学に受かったところで、まだ大学生だ。

働いて稼いで、自分の力でこれまで娘を養ってきたお父さんに、今の俺が何と言ったところで、説得力は皆無な気がした。

それに、月愛のお父さんに会うのは、元日、初詣の帰りに、月愛の家に押しかけて「再婚相手との同居を待ってくれ」とお願いしたとき以来だ。あのときお父さんを言い負かしてしまったことを思い出して、今度は自分がコテンパンにされる番だと思ったら、身体《からだ》が震えた。

「……どしたの、リュート？」

月愛に声をかけられて、ハッとした。

「いや、あの、えっと……」

どうしよう、と冷や汗をかきながら考えていたときだった。

ポケットの中で、スマホが震えていることに気がついた。

「ん……？」

友達も陰キャばかりなので、予告なしの着信なんて滅多にない。長く鳴っているので無視もできずに、手に取って画面の表示を見てみると。

「……お父さん？」

もちろん月愛《るな》のお父さんではなく、俺の父親からの着信だ。うちは家族もみんな陰キャなので、それも珍しい。

「リュートのお父さん？　出なよ、急用かもよ？」

月愛に気遣われて、俺は「う、うん」と通話ボタンを押した。

「おい、聞いたか、大変だ」

電話越しの父の声は上ずっていた。無口で物静かなタイプの父にしては珍しい、焦《あせ》った物言いだった。

「お母さんが、ガンで手術をするって」

「えっ……」

目の前が真っ白になった。

お父さんはそのあとも入院予定日とか何かいろいろ説明していたけど、ほとんど頭に入らなくて、俺は茫然《ぼうぜん》と電話を切った。

「リュート……」

月愛が、気遣わしげに俺を見ていた。近くにいたから、たぶん電話の内容が聞こえていたのだろう。

「ごめん、月愛……」

乾いた口で言うと、月愛は当然だというように、まっすぐ俺を見つめて頷いた。

「うん。早く帰って、今日はお母さんの傍《そば》にいてあげて」

「……うん、ありがとう……」

俺は踵《きびす》を返《かえ》して、白河《しらかわ》家を後にした。

俯《うつむ》きがちに駅へ向かう道すがら、小さい頃の母との思い出などを思い出して、気がつくと視界が滲《にじ》んでいた。

月愛と一つになれなかったことを惜しむ気持ちは、さすがにこのときはどこかへ飛んでいた。

だが、家に帰ると、母の様子は拍子抜けするほど普通だった。

居間に面した対面キッチンに立って、夕飯の下拵《したごしら》えをしている様子は、いつもとなんら変わらない。

「あら、お帰り。早かったんじゃない？　デートだったんでしょ？」

居間に現れた俺を見て、お母さんは意外な顔をした。

「……お父さんから電話あって……お母さんがガンだって……」

俺の言葉に、お母さんは顔をしかめた。

「やだ、お父さんったらわざわざ龍斗《りゅうと》に電話したの？　まあ、デート中だって知らなかったんだろうけど」

そして調理で濡《ぬ》れた手を拭くと、台所の近くに突っ立っていた俺の傍へ来た。

「ガンじゃないのよ。『子宮頸部異形成《けいぶ》』って言って、子宮頸《けい》がんになる前段階の、子宮頸部に異変がある状態ね。だから、ガン化する前にその部分を切り取る手術をしましょうねって。年に一度受けてる検診で、そう言われたって話」

「じゃあ……大したことないってこと？」

「現時点ではね。まあ、思ったより進行スピードが速くて手術のときにガン化しちゃってて取りきれなかった、とかはあるみたいだけど」

それで再び顔を曇らせた俺に、お母さんは努めて明るく言った。

「まあ、私のレベルと年齢なら大方大丈夫でしょうってお医者さん言ってたから、そんな顔しないで」

自分がどんな表情をしているかわからないけど、愉快な顔はしていないだろうなと思った。昔から「お母さん似だね」と言われるこの顔が、もしかしたら忘れ形見になるかもしれないと思ったら、複雑な気持ちで胸がしめつけられた。

「…………」

そんな俺の深刻さを取り払うように、お母さんは明るく微笑《ほほえ》んだ。

「あんたはほんと優しいわね。お父さんに似て」

「…………」

「お父さん、『俺のせいか』って慌てちゃって」

お母さんはちょっと気恥ずかしげに笑った。

「……?」

一瞬意味がわからなかったけど、そういえば子宮頸がんは性交渉でウィルスに感染することが原因とかいう話を聞いた気がするから、母が言っているのはそのことだろう。

両親の馴れ初《なそ》めなんてあまり興味はないけど、父と母は大学の同級生で、母にとって父は初めての交際相手だったという話を思い出した。

「今はワクチンもあるから防げるけどね。私も若い頃にあったら受けたかったわ。こんなことになるなら」

「ふうん……」

「『ふうん』ってあんた」

なんだか気まずい話題になったので気のない返事をしたのだが、母に聞《き》き咎《とが》められてしまった。

「他人事《ひとごと》じゃないわよ。ＨＰＶワクチンは男の子も受けられるんだからね？」

「……え？」

「『え？』じゃないわよ。まったく、意識低いんだから」

呆《あき》れたように言われて、俺はなんだか居心地が悪くなって居間を出た。

「……えいちぴーぶいワクチン……？」

自分の部屋に入って、スマホで調べてみた。

子宮頸がんの原因となるヒト《H》パピローマ《P》ウィルス《V》は性交渉によって感染するもので、それを防ぐために、女性だけでなく男性もワクチンを打つことは有効だと書いてあった。
Q．コンドームをつければ感染しませんか？

A. コンドームをつけることは感染予防に有効ですが、ヒトパピローマウィルスは手指からも感染します。

「……詰んでる……」

ヤッたら最後、ゼロリスクではないってことか。

――お父さん、『俺のせいか』って慌てちゃって。

確かに、お母さんの場合、感染源はお父さんだろう。

月愛は俺の前に付き合っていた元カレたちとも経験があるから、もし将来子宮頸がんになったとしたって、俺のせいかどうかはわからない。

でも、俺と月愛がこれから性交渉をするなら、感染源が俺でない保証もない。

――今はワクチンもあるから防げるけどね。

もし、性行為をすることで、愛する人を死の危険に追いやってしまう可能性があるなら。

その確率を、少しでもゼロに近づけることができるなら。

考えてみてもいいのかもしれない。

「……はぁ……」

座っていたベッドに仰向けに寝転んだら、深いため息が出た。

月愛と一つになる前に、やるべきことが増えてしまった。

俺が考えすぎなんだろうか？

ただ、月愛を大事に思えば思うほど、エロ漫画みたいに簡単には手が出せなくなる。

「……めんどくさ……」

こういう自分の性格が、死ぬほどめんどくさい。しばしば別の人間になりたいとさえ思う。

何も考えず、本能のままに月愛と抱き合って、全身で余すところなく愛を伝え合えたら、どれほど気持ちいいだろう。

でもそんなこと、妄想の中でしか叶《かな》わない。

少なくとも、今はまだ。

「……はぁ〜……」

二度目の深いため息をついていたときだった。

スマホが震えて、見ると月愛からのメッセージを受信していた。

お母さんどうだった？

「あ……」

心配してくれてたんだ。

たぶん、俺と別れてからずっと。

——あんたはほんと優しいわね。お父さんに似て。

自分の優しさはよくわからないけど、月愛こそ本当に心の優しい子だと思う。

母のガン騒動は思ったより深刻ではなかったので、事情を説明するため、俺は起き上がって月愛に電話をした。

「そうだったんだ……。とりあえず、無事にその手術が終わったら安心、ってことなんだよね？」

俺から話を聞いた月愛は、幾分明るくなった声で言った。

「うん。月愛にも心配かけてごめん」

「ううん、謝らないで。リュートのご家族が一番ショックだったと思うし」

「ありがとう……」

月愛は本当に優しい。

「……あのさ、リュート……」

そんな優しい彼女が、電話越しでふと言いづらそうに口を開いた。

「あたし、今日、あんなこと言っちゃったけど……」

あんなこと、というのは。

――あたし、エッチしたい。……リュートとなら。

あのことだろうか。

「……今すぐ、じゃなくてもいいからね？」

「え……？」

「ニコルから前聞いたんだけど……。関家《せきや》さん、初めて彼女とそういう関係になったとき、何ヶ月も勉強どころじゃなくなって、成績めっちゃ落ちちゃったんだって。だから、ニコルとも受験が終わるまでは深く付き合いたくないって」

そういえば、俺にもそんなことを言っていたような気がする。

――俺が初めてのときは半年くらい猿だったけどな。

――だいたい予想つくんだよ。一度ヤッたら最後、暇さえありゃお互いの家とかホテルとか入り浸って、猿みたいにまぐわう日々が三ヶ月くらいは続く。んでようやく我に返って人間に戻った頃、俺はもう受験が終わってんだよ。いろんな意味でな。

「あたし、リュートにそうなってほしくないんだ……。予備校にもちゃんと通って、せっかくこれから受験勉強がんばろーってなってるときに、邪魔するみたいな……変なこと言っちゃったかなって反省してた」

「だ、大丈夫だよ、俺は……たぶん」

少なくとも、関家さんよりは理性的な人間なんじゃないかと思っているし。

「でも、リュート初めてでしょ？　どうなるかは、してみないとわからなくない？　で、実際してみて、そうなっちゃってからじゃ手遅れだし……」

「………」

そんなことないよ、大丈夫。だから俺と今すぐヤろう！

自信を持ってそう言えないのは、淫行条例とか、ＨＰＶワクチンとか、俺は俺で考えていることがあるからで。

そして、それらの問題を解決するのは、受験勉強に本腰を入れなければならない今の時期ではない気がする。

「だいじょぶだよ、あたしは。リュートへの気持ちはずっと変わらないし。……その、『したい』って気持ちも」

最後にちょっと恥ずかしそうな小声になって告げる月愛《るな》が可愛《かわい》くて、電話越しじゃなければ抱きしめたいくらいだ。

「待ってるから。リュートが法応大に合格するの」

「……わかった。ありがとう、月愛」

ここまで物わかり良く自分を応援してくれる彼女に応じる言葉は、もうこれしかなかった。

「受験勉強、頑張るよ」

そして、電話を切った俺は。

「うおおおお〜〜〜〜〜〜！」

予備校のテキストを開いて、あり余る性欲をぶつけるかのごとくに、ノートにシャーペンを走らせた。

♣

そして現在。

大学三年生になったばかりの春。

「……というわけで」

東京タワーの展望カフェでテーブルの向かいにいる久慈林《くじばやし》くんに向かって、俺は自分の話を終えた。

「それで、いざ俺が大学に合格したら、今度は月愛の方が、双子の妹も生まれて、社会人にもなって、めちゃくちゃ忙しくなっちゃって、たまに会ってても家族や職場に呼び出されて帰ったりして、改めてそういうムードになる機会がないまま……今に至ります」

「ふむ」

腕組みしながら俺の話を聞いていた久慈林くんは、そこで低く唸《うな》った。

「……つまりは『永すぎた春』であるか」

「えっ？」

「三島由紀夫《みしまゆきお》の著作である。交際期間が長じすぎた男女の安穏たる倦怠期《けんたいき》を表す、当時の流行語でもある」

「そ、そうなんだ……」

なんだか、まさに俺たちの今の状況のような気がして焦《あせ》った。今度読んでみるべきか。

「……しかし、それで貴君の本日の浮かれぶりの理由も承知できた」

「え？」

「今夏、沖縄旅行で初体験……そうであろう？」

「う、うん」

久慈林くんに言われて、俺はおずおずと頷《うなず》いた。

「そ、そんなに浮かれてた？　俺……」

「鏡を見てみるがよい。欲望に満ち満ちた、醜悪なる面差しをしておるぞ」

「そんな⁉　ひどくない⁉」

「小生にいくら言われようと、貴君にとっては屁《へ》でもあるまい。沖縄のことを考えれば」

「ま、まあ……」

ぶっちゃけ、ヤリたい。

その思いは、月愛と付き合った当日から変わっていない。

ついに、そのときが来るんだ。興奮するなって方がおかしいだろう。

この夏、沖縄で、俺と月愛は……初エッチをする！

「……妬ましい……忌々《いまいま》しい……」

そんな俺を見て、久慈林くんがぶつぶつ言っている。

「いや、でも、ほら、今はまだ、俺も『童貞妖怪』だから……」

フォローのつもりで言ってから、自分自身でその事実に打ちのめされてしまった。

そう……童貞なのだ……未《いま》だに……。

「……自分でも、おかしいとは思うけどね……。高校から付き合ってて……もう大学も三年にもなるのに……」

自嘲気味に言う俺を、久慈林くんは真顔でじっと見ていた。

「……あやし、なのかもしれぬ。世のリア充にとっては」

「…………」

「されど、それは物質世界の現象においてのみ、であろう」

ようやく目が合った久慈林くんは、話題のわりに真剣すぎる表情で俺に言った。

「おそらく、貴君らは……その名の通り『朧《おぼろ》げなるもの』を共に手繰り寄せている最中なのではあるまいか」

そう言われて、以前久慈林くんに聞いた、俺と月愛の名前に関するエピソードを思い出した。

──「月」と「龍」か。またとない組み合わせだ。

──どちらも「おぼろげなるもの」を表す。月はぼんやりと光っていて輪郭が見えぬ。龍は架空の生き物で正体がわからぬ。ゆえに、二つの漢字を組み合わせて「朧《おぼろ》」と書く。

「…………」

俺と月愛が、「朧げなるもの」を共に手繰り寄せている最中？

「その……『朧げなるもの』って？」

「互いが互いを思《おも》い遣《や》るあまりに容易《たやす》く行動に移せず、雁字搦《がんじがら》めになる……目に見える事象にのみ心を留《と》めるのであれば、確かに其方《そなた》は未《いま》だ小生と同じ童貞妖怪であるし、二人の間には何も起きておらぬも同然かもしれぬ。しかし其方ら二人の中に、そのものは聢《しか》と存在するのであろう」

「⁇」

煙《けむ》に巻《ま》かれているような気分になって、久慈林くんを見る俺の顔は訝《いぶか》しげになっていたと思う。

そんな俺を見て、久慈林くんは口の片端を上げて俯《うつむ》いた。

「『それ』が何であるか……小生のような筋金入りの妖怪には、少々口幅ったいところではあるが」

久慈林くんが恥ずかしそうなので、凝視したら言いづらいかと思って、俺は周囲に視線を向けた。

たまたま辺りの人波が引いたタイミングが訪れ、一面のガラスに映る青空と東京のパノラマが、格子《こうし》状の柵に整然と区切られて視界いっぱいに飛び込んできた。

思わず息を呑《の》むほど、美しい瞬間だった。

「人はそれを『愛』などと称するのではあるまいか？」

久慈林くんの言葉を耳にした俺の胸は、不意打ちの絶景の余韻でまだ震えていた。

第一章

「ごめんっ、リュート！」

日曜の朝、電話口から月愛の全力の謝罪が聞こえてきた。

新学期が始まってしばらくして、ＧＷを目前に控えた休日。俺たちは久しぶりに一日デートをする予定だった。あまりアクティブな予定を立てると月愛を疲れさせてしまうかと思い、久しぶりに映画でも見ようかという話をしていた。

月愛はアパレル勤務なので、ＧＷは書き入れ時でめいっぱい出勤するシフトになっている。その代わりに、連休前に日曜休みをもらえていたのだが。

「陽菜《はるな》と陽花《はるか》が先週風邪引いてたって言ったじゃん？　二人はすぐに治ったけど、そのあとおばあちゃんにうつっちゃって、昨日から、おとーさんと美鈴《みすず》さんも発熱しちゃったの」

「そっか……」

残念だけど、そういうことならしょうがない。久しぶりにパソコンでマルチゲームでもしようかなと思っていると。

「だから今日のデート、陽花と陽菜も連れてってていい？」

「……え？」

思いもよらないことを言われて、俺は自分の部屋で目を丸くした。

そんなわけで、俺は急遽《きゅうきょ》双子の妹たちを連れた月愛《るな》と、四人でデートすることになった。

「おはよ、リュート！」

K駅から乗った電車の中で、俺は月愛と合流した。

月愛は車両の端のベビーカースペースに、ベビーカーの持ち手を摑《つか》んで立っていた。床がピンク色にマーキングされて、ベビーカーのピクトグラムが描かれた場所だ。

日曜午前中の下り電車は、満員というほどではないけど、行楽に出かける人々で混んでいた。

「ほら、リュートくんだよ～！」

月愛がベビーカーに話しかける。双子用の、座席が二つ横に並んだベビーカーで、月愛の二人の妹は、きゃっきゃっとご機嫌にはしゃいでいた。

月愛の家に行ったときに挨拶をしたりすることは何度かあったので、二人と会うのは初めてではない。でも、俺自身が身近に小さい子がいる環境でもないので、ちょっと緊張していた。

「こんにちは～……」

「あ～んちゃっちゃ！」

「れんれん！」

一人は俺の顔を見て笑い、一人は窓の外の電車を見ていた。双子といえど、常にシンクロしているわけではないらしい。

俺が大学一年生の六月に生まれた二人は、計算すると今一歳十ヶ月になる。言語でコミュニケーションを取るのはまだまだ難しそうだ。

「そうそう、こんにちは言えてえらいね～、陽菜。でんでん、でんでんいるね～、陽花」

だが、月愛には妹の言っていることがわかるらしい。っていうか、俺にはどっちがどっちなのかも見分けがつかないから、それがわかるだけでもすごい。

ベビーカーの中の二人は、お揃《そろ》いのセパレートの幼児服を着て、ちゃんと靴も履いているが、まだまだ赤ちゃんっぽい印象を残している。肩くらいまで伸びた髪の毛はまだ少し薄いけど、一目見て女の子とわかるくらい、目が大きくて可愛《かわい》らしい顔立ちをしていた。

強いて言えば、家族の中では一番黒瀬《くろせ》さんに似ている気がした。

「見分け方ね、今は簡単だよ！　目の下に引っかき傷ある方が陽菜ね。昨日、爪切る前に引っかいちゃったみたい」

「なるほど……」

　言われてみれば、俺に挨拶してくれた方の子の左目の下に、赤く細い傷がある。

「よく見ると、顔もちょっと違うんだけどね～。あたしと海愛《まりあ》と同じ二卵性なんだけど、ほんとよく似てて。風邪も同時に引いて、同時に治るし」

「そういえば、月愛は体調大丈夫なの？」

「うん。あたしは今のところ、この通り！」

　俺の問いに、月愛は元気に頷《うなず》いた。そして「あっ」と気づいたように俺を見る。

「『バカは風邪引かない』とか思ってる？」

「えっ、お、思ってないよ！」

　思いがけないことを言われて、つい慌ててしまった。そんな俺を見て、月愛は頰を膨らませる。

「いーよ、自分でもわかってるもーん！　あーあ、専門の勉強、ほんと不安しかないよ～……あたしについていけるかなぁ」

月愛は保育士になる夢を叶《かな》えるため、専門学校に進学することを決めていた。四月入学には手続きが間に合わなかったので、十月入学を実施している学校に向けて準備をするらしい。それに伴って、アパレルの方は九月から副店長を辞して、雇用形態を契約社員に切り替えてもらう話を、内々に進めているそうだ。

とはいえ、働きながらの通学と勉強という環境の変化に、月愛なりに不安はあるようだ。

「大丈夫だよ。……月愛は、バカじゃないし」

俺が言うと、月愛は目を輝かせる。

「え、ほんと？　ほんとにそう思ってる？」

「うん」

「リュートに言われると、なんか嬉《うれ》しいなー！　リュートめっちゃ頭いいし」

「そんなことないよ」

無邪気に笑う月愛に、俺は照れ笑いを返しながら言った。

「大学に入って思ったけど……俺より頭いい人なんて、いくらでもいるし」

法応大は私大でトップクラスの偏差値なので、それこそ東大などの国立を第一志望にしていた学生もけっこういる。そういう人たちの頭の回転の速さを見ると、やっぱり俺はそこまで地頭が良くないんだなと思い知らされる。

「それに、勉強ができるできないって、性格によるところも大きいと思うんだ」

「……どゆこと？」

「俺の友達に久慈林《くじばやし》くんって子がいるんだけど」

「あっ、知ってる！　いつもリュートが言ってる友達だ。『拙者は……』とか言う人でしょ？」

「そうそう。『小生』ね」

得意げに答えた月愛に、俺は笑いながら訂正した。

「久慈林くんは、頭もいいけど、すごく勉強熱心なんだ。何か気になることがあると、それをちゃんと覚えてて、あとで調べて理解するまでにしないと気持ち悪いんだって。お父さんも大学教授だから遺伝かもしれないけど、もともとの性格がそうなんだよね」

「えーっ、あたし絶対ムリ！　すぐ別のこと考えて忘れちゃう～！」

「俺もそうだよ」

素直な月愛の反応に、ほほえましくなってつい笑みが溢《こぼ》れてしまう。

「たぶん物事をよく知ってる人って、そういうことの積み重ねで、他人との知識量の差がついてると思うんだよね。もちろん、一度調べたことを忘れない記憶力の良さもあると思うけど」

「すごいなぁ～」

月愛は心から感心したようにつぶやく。その合間にも、ちゃんと双子の様子に目を配っているから、さすが保護者代理だ。

「でも、月愛だって、興味あることは覚えてるじゃん？　化粧品の名前とか……なんだっけ、唇につけてるの……ティントン？」

「あー、ティント？」

「あ、そうそう」

何度聞いても忘れてしまうのは、俺が化粧品にまるで興味がないからだろう。

「久慈林くんみたいな人は、興味のアンテナが学問の方向に向いてるからアカデミックな道に進むべきだけど、誰だって、自分が興味のあることなら調べたり、覚えたりすることができると思うんだよ」

俺だって、一時はKENの参加キッズの名前を、ユアクラのスキンを見ただけで何十人もすらすら言えたし。

「月愛は現に、興味のあるアパレルの世界で、いろんなファッション用語を当たり前に覚えて、結果を出すことができただろ？」

「……かな？」

月愛は謙遜気味に微笑《ほほえ》むけど、二十歳で副店長にまで昇格して、結局断ってしまったけど福岡店の店長にまで推されていたということは、そういうことだろう。

「そんな月愛が『保育士になりたい』って夢を見つけて、その道で頑張りたいと思ったんだから……大丈夫だよ、きっと。そういう勉強なら、月愛に向いてるんだと思うよ」

「リュート……」

月愛はベビーカーの中の双子に視線を落として、瞳を揺らめかせた。そして、目を上げて俺を見る。

「……リュートは、やっぱ頭いいよ。それに性格も、好き」

恥ずかしそうに微笑んで告げられて、俺はドキッとする。

「リュートはいつも、あたしにもわかるように、ちゃんと話してくれるから」

そして、ふと思いついた顔で俺を見た。

「先生とか、向いてるよね」

それを聞いて、俺は思い出した。

黒瀬《くろせ》さんと、海野《うみの》先生に言われたことを。

——加島《かしま》くんだったら、先生とか向いてそうだね。

——加島先生って、先生に向いてますね。

「あー……やっぱそうなのかな」

「え、自分でもそう思う？」

「いや……よく言われるから」

俺が答えると、月愛は目を見開いた。

「じゃあ、やっぱ向いてるんじゃん？　先生やだ？」

「うーん……いやっていうか」

自分の気持ちを精査しながら、俺は慎重に答えた。

「俺は、月愛みたいに気心の知れた人との一対一のコミュニケーションはできるけど……。学校の先生って、一人で大人数を相手しないといけないじゃん？　俺の性格から考えて、心がパンクしないかなって」

「あー……リュート優しいしね。今考えると、学校の先生ってけっこー雑っていうか、テキトーな人多かったよね」

「そうそう。あれたぶん、そうしないとやっていけないんだよ。やることが多すぎるから、ある程度割り切らないと。そうできない人は辞めてっちゃうんじゃないかな」

「あ～……じゃあ、リュートに向いてる職業ってなんだろ？　メンケアしてくれるから、せーしん科医？」

「医学部じゃないから、無理ですね……」

「うーん、むずいなぁ」

月愛《るな》は腕組みして首を捻《ひね》る。

そんなときだった。

「えっ見て見て、あのママめっちゃ可愛くない？　めっちゃギャルい」

そんな声が聞こえたので見ると、近くの席に座っている高校生くらいの女の子二人組が、月愛の方を見ていた。

「ほんとだ。インスタ教えてほしい〜！」

「あーゆー家族ちょー憧れるんだけど。パパも若くて優しそう」

「ねー。うちもハタチくらいで結婚したいなー」

「ゆーくんと？」

「えっ、ムリムリ。だってこの前もさぁ……」

そこで二人は別の話題に移って、俺は聞き耳を立てるのをやめた。

「…………」

月愛はちょっと頬を染めて、口をむずむずさせていた。彼女の耳にも、女子高生の会話が届いていたんだなと思った。

「なんか恥ず……。あたしたちって、こーしてると夫婦《ふーふ》に見えるんだね」

頬を紅潮させたまま、月愛が恥ずかしそうにつぶやいた。

「そ、そうなんだね」

なんだか動揺してしまって、へどもどしながら言葉を探した。

「小さい子連れてるから、そ、そう見えるのかな?」

「うふふ……」

そんな俺を見て、月愛が照れ顔のまま笑った。

本当は、まだ結ばれてもいないのに。そう思うと無性に恥ずかしい。

でも、そうか。

さっき突然決まった子連れデートだから、そこまで考えてなかったけど。月愛のご両親は高卒と同時に授かり婚しているのだし、二十歳くらいでこれくらいの歳《とし》の子を持つ夫婦も、世間には普通にいるのか。

ということは、今日の俺は、「妻と双子の娘を連れたお父さん」として見られることになるのか……。

「………」

よし。今日はパパとして頑張るぞ……!

そんな決意を胸に、ショッピングモールに着いた。

俺たちがやってきたのは、埼玉県にある越谷《こしがや》レイクタウンだ。俺は車を持っていないので、移動手段は公共交通機関オンリーになる。駅近で子どもが気兼ねなく遊べるくらい大きなショッピングモールということで、今日のデート場所はこちらに決まった。

長いエスカレーターに乗って二階の入り口へ向かう人たちを横目にエレベーターで上がると、往路と復路に分かれた広い通路が目の前に広がる、大型ショッピングモールの空間が展開されていた。

さすがに休日だから、そんな広い場所でも家族連れや若い人でにぎわっている。

カンニングのつもりで家族連れのパパの様子を観察しながら、入り口を入って、しばらく進んだ頃だった。

「アンアンアーン！」

陽菜《はるな》ちゃんが、通り過ぎるカートを指差して声を上げた。

アンパンマンが先頭についた、ショッピングモールで見かけることがある子ども用カートだ。他にもいろんなキャラクターがついたカートに乗った子が辺りを往来しているから、どこかに貸し出し場所があるらしい。

「うん、アンパンマンだね」

「なんなん！　なんなんも！」

「えっ、なんちゃんはかんちゃんとベビーカー乗ってるからいいでしょ？」

どうやら、陽菜ちゃんはカートに乗りたいらしい。

「アンアンアン！　アンアンアーン！」

陽菜ちゃんはとうとう大声で泣き叫び始めてしまった。そんな妹を見て、陽花《はるか》ちゃんも不安げな顔になる。

通り過ぎる人たちが、何事かという顔で陽菜ちゃんを見ていく。

「わかったよ～……。アンパンマンでいいのね？　ごめんリュート、カート持ってくるから押しててくれる？」

「う、うん……」

月愛から託されたベビーカーを押しながらしばらく歩いていると、前方へ走って消えていった月愛は、しばらくしてカートを押して帰ってきた。ちなみに、陽菜ちゃんはその間ずっと泣いていた。

「ほ、ほら、お姉ちゃん、アンパンマン持ってきてくれたよ」

なすすべもなく、ただベビーカーを押していた俺は、やっと泣きわめく陽菜ちゃんに声をかけることができた。

「アンアンアン！」

陽菜ちゃんは泣き止《なや》んだ。

そうして陽菜ちゃんがベビーカーからカートに移って、俺がベビーカーを押し、月愛がカートを押して一件落着……。

かと思いきや。

「かんたんも！　かんたんもーっ！」

並走する妹のカートを見て、今度は陽花ちゃんが騒ぎ出した。

「かんちゃんも？　ムリだよー、押す人がいないもん」

こうなるからイヤだったんだよね……と月愛が俺を見て苦笑する。

「かんたん！　かんたん、トラもんー！」

「かんちゃんはドラえもんなの？　でもムリだってばー」

カートは一人乗り専用だし、二人で別々のカートに乗ったら、ベビーカーを運ぶ人がいなくなってしまう。

「かんたんも！　かんたんも！　うわぁ～ん！」

そうこうする間に、陽花ちゃんは泣きじゃくり始めてしまった。さっきの陽菜ちゃんと同じで、周りの人の注目が集まる。

陽菜ちゃんは上機嫌で、フンフン言いながらアンパンマンカートのハンドルをくるくる回していた。

「そしたら、俺が片手でベビーカーを押して、カートも押すよ」

「えっ、ほんと⁉」

月愛が目を輝かせる。

よし、ついに一日パパの本領発揮だ！

そう思ったのだが。

「……ごめん、やっぱり無理だ、これ……」

十メートルも進まないうちに、俺は体力の限界を感じてしまった。

「だよね。このベビーカー十キロあるもん」

月愛が苦笑いした。

「そしたら、あたしベビーカー預けてくるよ。その前にドラえもんのカート持ってくるから、ここで待っててくれる？」

「わ、わかった……」

それで月愛がドラえもんのカートを持ってきて、泣き止んだ陽花ちゃんがカートに乗り移り、無人になったベビーカーを押して月愛が去っていった。

「…………」

俺は通路の端に寄って、二人の乗るカートを縦列駐車させて様子を見守っていた。

「アンアンアン！」

「トラもんー！」

二人はしばらくご機嫌だった。

しばらく……そう、ほんの二、三分の間だけ。

「ブーン！　ブーンッ！」

陽菜ちゃんが俺を見て、イラついた声を上げ出した。片方の手で前方を指差している。

「『ブーン』……？　進めってこと……？」

せっかくカートに乗ったのに、停車しているからつまらないということか。

「ほら、ブーンだよ〜……」

慣れない猫撫《ねこな》で声《ごえ》を出して、俺は陽菜ちゃんのカートを、ちょっと前に進めてあげた。

「キャッキャッ！」

陽菜ちゃんは満足げに笑う。

「おお……！」

本日初めて、ついにパパらしいことができた。

感動して、陽菜ちゃんのカートをどんどん進めていた。

すると。

「かんたんも――！　ブーン！　ブーンッ！」

後方に取り残された陽花ちゃんが、突如大声で叫んだ。

「わ、わかったよ……！」

陽菜ちゃんのカートを幅寄せして停《と》め、慌てて陽花ちゃんのカートに駆け寄った。

だが、今度は陽菜ちゃんが激しく騒ぎ立てる。

「ブーン！　なんなん！　ブーン！」

どちらか一方を動かすと、片方から猛クレームが入る。

「かんたんも！」

「なんなんも！」

「はいはい！　はいはいはーいっ！」

分身したい！

中二病真っ盛り期にも願わなかったような望みを、強く心で願いながら、夢中でカートを交互に動かした。

「あっ、ここにいたんだ、お待たせ！」

そこで、月愛《るな》がようやく帰ってきた。

「月愛〜！」

思わず泣き言のような声を上げてしまった。いつにも増して、月愛が女神に見える。

「ごめんごめん、そうなってるかもと思ってた。ありがとね」

月愛は、一瞬でこの状況を理解したらしい。苦笑しながら、待機中だったドラえもんカートを押して歩き出した。

それで陽花ちゃんも陽菜ちゃんもご機嫌になって、俺たちは館内を穏やかに進むことができるようになった。

月愛と並んで子どものカートを押していると、我ながら若夫婦感満載でそわそわした。

将来、結婚して子どもができたら、休日はこんな感じでショッピングするのだろうか
……そんなことを想像して、胸が弾んだ。

「……リュート、その靴、ちょっと古くなってきた？」

そんなとき、足元に視線を落としていた月愛が話しかけてきた。

「あっ、そうなんだよね。新しいの買わなきゃと思ってるんだけど」

一足を履き潰して買い替えるタイプなので、半年前に買った今日のスニーカーは、もう

だいぶくたびれていた。

「じゃあ、あたし選んであげる♡　ここABCマート入ってるから、あとで見よーよ」

「あ、うん……ありがとう」

「あたしのも一緒に見てくれる？　新しいサンダル買いたいんだ」

「うん、俺でよければ」

「やったー！　……じゃあ、この子たちが寝たらね♡」

そう言ってウィンクする月愛に胸が高鳴る。

なんて子持ち夫婦っぽい会話だ……。

ジーンと噛《か》みしめながら、俺は一日だけの擬似家族サービスに精を出すことにした。

俺たちが向かったのは、三階にある有料の遊び場だった。室内にソフト素材の滑り台やボールプールなどがあって、小さい子どもたちが保護者に見守られながら遊ぶ場所だ。

遊び場にいる間は、まさに戦争だった。休日の遊び場は、子どもと保護者で鬼のように混み合っていて、ちょっとでも目を離すと、たちまち自分の子どもを見失ってしまう。自由に動き回れる年齢の子どもは、いろいろなおもちゃや遊具に目移りして、ほぼ走り回っているから、俺と月愛で手分けして双子を追いかけているうちに、一瞬もほっとすることなく、月愛が決めた時間の六十分が終了した。

「ああ、疲れた……」

遊び場を出てから、思わず本音が漏れてしまった。

「だよね……。でも、リュートがいてくれてよかった！　あたし一人だったら、分身しなきゃやってらんなかったよ」

月愛は、さっきカートを押しながら俺が思ったのと同じことを言って笑った。

「さ、お昼食べよっか！　かんちゃん、なんちゃん、何がいい～？」

「めんめん！」

「めんめ～ん！」

「りょーかい、うどんね！」

三階にいた俺たちは、子どもたちをカートに乗せて同じ階のフードコートへ歩いた。

「もう離乳食じゃないんだ」

「ちょっとずつね。まだ食べれるものは少ないけど」

ちょっとしたビュッフェ会場より広いフードコートは、ちょうど昼時なのでお客さんがいっぱいで、空きテーブルの熾烈《しれつ》な争奪戦が繰り広げられていた。

「ここ空きますかー？　あっ、ありがとうございます！　全然！　ゆっくりでいいですよ

～！　あっ、あたしが拭いときます！　いいえ～こちらこそありがとうございます！」

陰キャなのでモジモジしていると、月愛が食べ終わったトレーを片付けている家族連れに声をかけてくれて、無事テーブルをゲットできた。

たぶん、夫婦になってからも俺たちはこんな感じなのだろう……そんな予感がした。

「リュート、先ご飯買ってきていいよ」

「月愛は？」

「あたしは、この子たちと同じうどん食べるよー。たぶんめっちゃ残すし」

月愛は二人を子ども椅子に座らせながら、苦笑いで答えた。

そうして始まった食事も、なかなか大変だった。

まだどちらも一人では食べられないので、陽菜《はるな》ちゃんに月愛が、陽花《はるか》ちゃんに俺が、取り分けたうどんを食べさせてあげた。

「おちゃー」

「お水ね、ほら、マグ持ってきたから飲みな」

「や！　おちゃ！」

「これはねえねのだから。紙コップだとこぼすから、なんちゃんはマグで飲んでくれる？」

「おちゃー！」

「うわっ！」

「もー！　なんで陽花がこぼすの⁉」

「なんか拭くもの持ってくるよ……」

「ありがと、あっちにダスター置いてあるから！」

そうしてなんとか食事を終えると、壮絶なぐずりタイムが始まった。

「ちょこー！」

「持ってないってば。なんちゃん、まだチョコは食べちゃダメってママに言われてるでしょ？」

「ちょこ～！」

「なんで陽花も？　さっきごちそうさましたでしょ？」

「……お、俺、買ってきてあげようか？」

「違うの、これ眠くてぐずってるだけなの。いつもお昼ご飯のあとにお昼寝してるから」

「そ、そうなんだ……」

「悪いけどちょっと二人見ててくれる？　ベビーカー取ってくる」

そう言うと、月愛はテーブルから足早に去った。

そして十分後、ぐずりがちな双子をなんだかんだ誤魔化していた俺のもとへ戻ってきて、二人を手際《てぎわ》よくベビーカーに乗せ、颯爽《さっそう》と通路の方へ歩き出した。

そして、なかなか帰ってこなかった。

「ただいま……」

四十分後、フードコートに帰ってきた月愛は、急に五歳ほど老《ふ》けたかのようにゲッソリしていた。

双子は、ベビーカーの中で寝ていた。カバーを少し上げてのぞくと、陽菜ちゃんは手すりの方へ乗り上がるように両手を伸ばしていて、断末魔の悶絶《もんぜつ》のあとが見てとれた。

「お疲れさま……」

そんな月愛に、俺はドリンクのカップを渡した。

「わっ、タピオカだ！」

たちまち月愛が目を輝かせる。月愛を待っている間に、フードコート内にタピオカドリンク専門店が入っているのを見つけて、二人分買っておいた。

「ありがとー！　……わーっ、おいしー！　疲れ吹き飛んだぁ！」

その顔が一気に若返り、いつもの月愛の笑顔が戻ってきた。

「大変だったね……」

「これでも、今日は上手《うま》く行った方だよ。一人だけ上手く寝つけなくてぎゃーぎゃー騒いで、もう一人も起きちゃって、家着くまで二人で泣きわめいてるとか全然あるもん」

「うわぁ……」

朝からずっと一緒にいるので、その地獄もなんとなく想像できてしまった。

ランチのピーク時を過ぎたフードコート内には、空席もわずかながら見られるようになってきた。

窓際《まどぎわ》は一面ガラスになっていて、外にはテラス席もあるらしい。ガラスから差し込む日《ひ》射《ざ》しはまばゆく、のどかな春の日デートにはうってつけの陽気だった。

ベビーカーを横づけにした四人用テーブルで、俺と月愛は向かい合って、今日初めて二人きりでゆっくり会話をすることができた。

「ほんと、大変だね、双子って……」

「まーね。一人だって大変なのに、二人って！」

月愛は苦笑いで答えた。

「それでも、陽花と陽菜にも、双子じゃない子と同じように、外の世界を感じながら成長してほしいじゃん？　美鈴《みすず》さんはまだ電車に乗ってお出かけするのとか難しいから、あたしができるときは、こうして一人でも連れ出してあげてるんだ」

「そうなんだ……偉いな、ほんと」

こんな生活を二年近くも日常にしている月愛には、本当に頭が下がる。俺との時間が取れなくなったのも納得する。

「まぁ、一人だとなかなか目が届かなくて、子どもたちがいつの間にか悪さしてて、知らない人から怒られてヘコむこともあったりするけど」

タピオカをストローでぐるぐると混ぜながら、月愛はちょっと苦笑した。

「それは……ちょっと大目に見てもらいたいよね。子どもがすることなんだし」

「でもさ、それはこっちから言ったらダメなやつじゃん？」

穏やかな微笑を湛《たた》えて、月愛はタピオカに視線を落とす。

「子どもってほんと騒ぐし、寝てるとき以外じっとしてないし、大人だけで静かに暮らしたい人たちが集まる場所では、邪魔でしかないと思う。だから、今の大人だらけの日本で居場所が少ないのはわかるんだ」

タピオカに視線を落としたまま、月愛は微笑《ほほえ》みを湛えた顔つきで静かに語った。

「だから家から一歩出たら、お行儀よくさせなきゃいけない、迷子にさせたらいけない、変な人から守らないといけない……世の中の親御さんは、いつも気を張ってると思うの。家の中でだって、危ない目に遭わせないように、常に注意してないといけないし。あたしは、そんな親御さんたちに、少しでも子どものことを忘れて安らげる時間を作ってあげたい。子どもが生まれる前の、自分のペースで生きられてた人生を、束《つか》の間《ま》でも取り戻してもらいたい」

そう言うと、月愛《るな》は顔を上げて俺を見つめた。

その瞳には、凛《りん》とした決意の光が宿っていた。

「『園では全部ルナ先生に任せておけば大丈夫』って親御さんに心から思ってもらえて。子どもが園にいる間は、安心して仕事や家事に集中できるような……そんな先生になりたいって、あたし、そう思ってるんだ」

「月愛……」

毎日これほど大変な思いをしながら、月愛はそんなことを考えて、自分の未来について決意していたのだ。そう思うと、その志の高さに、自分の彼女ながら尊敬の気持ちが絶えない。

「……なれるよ、きっと。月愛なら」

心からそう思って、俺は月愛を見つめて答えた。

月愛は恥ずかしそうに笑って、俺からそっと目を逸《そ》らした。

「そのためには、子どものことや保育のこと、いっぱい勉強しないとね。陽菜と陽花のことならある程度わかるけど、世の中いろんな子がいるし」

そう言ってから、月愛は改めて俺を見た。

「今日はありがと、リュート」

微笑んで、少し頰を染める。

「リュートはきっといいパパになるだろうなって、改めて思ったよ」

「……そ、そうかな……」

月愛にそう言われると、嬉《うれ》しい気持ちでいっぱいになる。

「うん。……あたしも、いいママになれるかなー?」

テーブルに両手で可愛《かわい》らしく頰杖《ほおづえ》をついた月愛が、俺を見つめて頰を染める。

「……月愛は、もうお母さんだよ」

俺が答えると、彼女はちょっと頰を膨らませた。

「えー、なにそれ、老けてるってこと?」

「そ、そうじゃなくて……ちょっと……すごく、尊敬した」

言葉を選びながら、俺は正直な気持ちを伝える。

「二人のことをわかってて、テキパキお世話できて……なんか『お姉さん』っていうより、もう『お母さん』って感じだなと思ったってこと。すごいよ、俺と同《おな》い歳《どし》なのに」

それを聞くと、月愛は頬杖を解いて笑った。

「あは。歳が離れてると、やっぱそうなっちゃうよね」

ベビーカーで安らかに眠る二人に視線をやって、月愛は優しい表情になる。

「ほらうち、おねーちゃんいるじゃん？　あたしや海愛《まりあ》とは七歳違うから、うちらが物心ついたときには、もうけっこーお姉さんで、しっかりしてて。家事とかなんでもやってくれて。あたし、めちゃくちゃ甘えてたなぁ」

「そうだったんだ」

俺は月愛の家族の中で唯一、お姉さんにだけはまだ会ったことがない。都外で彼氏と同《どう》棲《せい》してるとかで実家に帰ってくることは稀《まれ》だから、月愛もあまり会っていないらしい。

「あたしにとって、おねーちゃんは半分お母さんだったんだ。やっぱ双子って、一人ずつ生まれる兄弟より同時に手がかかるし。おかーさんの手が回らないところをカバーしてくれたおねーちゃんには、今でも……すごく感謝してる」

そうつぶやく月愛の顔を見れば、彼女がお姉さんに抱く情の深さがわかる。

「リュートにもそのうち会わせたいな。ほんとに、自慢のおねーちゃんだから」

「うん。ぜひ会いたいな」

「あ、でも絶対好きにならないでね！　おねーちゃん、あたしより巨乳だけど！」

「えっ、な、ならないよ！」

なぜ俺がおっぱい星人みたいな扱いになってるんだと動揺していると、月愛は「ジョーダンだよっ」と笑った。

「……陽花《はるか》たちが生まれてから、あたし、よくおねーちゃんのこと思い出すんだ。おねーちゃんも、こんな気持ちでうちらの面倒見ててくれたのかなって」

再びベビーカーの双子を眺めて、月愛は優しい顔になる。

「おねーちゃんがあたしたちにくれた分の愛情を、あたしも、陽菜《はるな》と陽花にあげていきたいと思ってるんだよ」

そう言うと、月愛は俺を見て、少し照れ臭そうに微笑んだ。

「お母さんが違っても……あたしにとって『妹』だってことに、変わりはないから」

月愛は、本当に大人になったと思う。

高二のクリスマスイブ、美鈴さんを連れて現れたお父さんを見て泣き出した彼女に、今のこの月愛の姿を見せてあげたい。

君のお父さんは、君に新しい家族と幸せをくれるんだよ。だから君は大丈夫。

あのときの月愛に、そう言ってあげたい。

「それに、こうして寝てると、ほんとかわいーんだよね」

そう言って、寝ている双子に視線を注ぐ月愛の横顔は、まるで西洋の絵画に描かれる聖母のように慈愛に満ちて、神々《こうごう》しく見えて。

俺は、また月愛を、深く愛おしく思った。

◇

双子が寝ているうちに、俺と月愛はモール内で手早く静かに買い物した。そして、双子が起きたタイミングで、駅へ向かって帰り始めた。

よく寝て気分がいいせいか、目を覚ました二人は、ベビーカーに大人しく座っていた。

「あ、『いちごフェア』だって」

通り過ぎる通路の壁に貼ってあるポスターを見て、月愛が歩きながら声を上げた。

「ここの噴水広場でやってたみたい。行きたかったなぁ。あたし、いちご大好き♡」

「……今から行く？」

「ううん、いい。さすがに疲れた」

月愛は苦笑して首を横に振った。俺も同意見だから、断ってもらえてよかった。

「今度、いちご狩りとか行ってみたいなぁ。何気に行ったことないの」

「そうなんだ。俺もだけど」

「え、やったぁ！　また初めてのことできるじゃん」

月愛が嬉しそうに笑って、まだ計画もしてないけど、その日が楽しみになる。

「いちご狩りって、どこでできるんだろー？　遠いのかな？」

「そういえばさっき、レイクタウンの駅でいちご狩りの看板見たよ。前にテレビで見たけど、越谷《こしがや》っていちご農家多いらしいね」

「あ、そうなんだ！　もしかして、それでいちごフェアやってたのかなー？」

「そうかもね」

そんな他愛《たわい》もない会話をしながら、最後の子持ち夫婦気分を味わうように、ゆっくり歩いて駅へ向かって歩いた。

俺はベビーカーを押しながら、隣の月愛を見た。最初は、双子ベビーカーの操作に戸惑ってモタモタしてしまっていたけど、半日でだいぶ操作方法にも慣れ、大きな段差がないモール内なら、俺でも押せるようになっていた。

「……リュート、こうして見ると、立派なパパだね」

そんな俺に、月愛がからかうように言った。

「マジ？　ちょっとはサマになってきた？」

「うん♡　今日はお疲れさま、リュートパパ」

冗談めかして言った月愛が、ふと真摯な顔つきになる。

「……ほんとにありがと、リュート」

真心のこもった微笑を向けられた、そのとき。

「りゅーと！」

ベビーカーから、声が聞こえてきた。陽花ちゃんが、振り返って俺を見ていた。

「りゅーと、りゅーと！」

それを見て、陽菜ちゃんも俺を指差す。

「りゅーと！」

「えっ、すごい！」

月愛が、驚いたように手を合わせて俺を見た。

「二人とも、人の名前とかまだちゃんと発音できるの少ないのに」

「そうなの？　やったね！」

半日へとへとになった甲斐《かい》があった。

「りゅーとー！」

「りゅーとっ！」

陽花ちゃんと陽菜ちゃんは、お互い競うように、笑いながら俺を呼んでいる。その顔は天使みたいで、見ていると心が溶けそうなほど癒《いや》されるのを感じた。

ああ、そうか、と思った。

いくら大変なことが多くても、こういう瞬間があるから、人は子どもを育てていけるんだな。

「あはは、二人とも、すっかりリュートにいにと仲良しだね」

月愛が嬉しそうに笑う。

俺たちはレイクタウンの出入り口に近づいていて、大勢の人たちと共に両側ガラス張りの空中通路を通っていた。

斜陽に照らされてオレンジ色に染まった月愛の横顔を見ながら。

俺は、彼女といつか築けるはずの家庭を想像して、夕陽《ゆうひ》にも負けないくらい胸を熱くしていた。

◇

「ほんとに今日はありがと」

自宅の前で、月愛《るな》は何度目かわからないお礼を俺に言った。

「久しぶりだったのに、こんなデートでごめんね」

「いいよ。陽花ちゃんたちと仲良くなれて、俺も楽しかったし」

二人のご機嫌モードはまだ続いていて、今はボーロを食べながら、にらめっこみたいなことをしていた。

「じゃあ……」

駅へ引き返そうと、ベビーカーから手を離したときだった。

「あ、待って」

月愛は俺を呼び止め、数歩歩いて距離を詰めてきた。

そして道の左右をすばやく見てから、ベビーカーの幌《ほろ》をさっと下ろし、俺に顔を近づける。

ああ、と気がついて、一瞬目を閉じて月愛と唇を合わせた。

「………」
○・五秒くらいの、短いキスだった。
「……じゃあね」

顔を離してそう言った月愛は、少しだけ眉根を寄せていた。

上気する頬に、潤んだ瞳、せつなげな表情……その顔を見たとき、俺が思い出したのは、三年前の夏のことだった。

♣

高三の夏は、勉強漬けの毎日だった。集中できずにダラダラしてしまっていた時間もあったけど、朝から晩まで予備校にいて、授業がないときは自習室に籠っていたのは事実だ。

そんな日々の中で、唯一夏らしい思い出を作ることができた二日間がある。

月愛は、バイトの休みをもらって、高三の夏も二週間ほど千葉のひいおばあさんの家に滞在していた。黒瀬《くろせ》さんも一緒に。そして最後の土日……夏祭りの日に合わせて、俺はサバゲーメンバーと月愛のもとを訪れた。

「リュートぉー！」

真生《まお》さんの海の家「LUNA MARINE」でお昼を食べたあと、男三人でダラダラしていたら、山名《やまな》さんたちと先に海へ遊びに行っていたはずの月愛が戻ってきた。

「あっちの岩場にね、カニがいたの。一緒に見に行こうよ」

「えっ？　うん……」

なぜカニ？　俺、カニが好きだなんて言ったっけ？　確かに食べるのは好きだけど……

などと思いながら、座敷《ざしき》の席を立った。

「マジ？　カニ？」

なぜかイッチーが興味を示して、横にいたニッシーを見る。

「行くか、ニッシー？」

「いいよ。お前もやめとけ」

ニッシーは冷たく言って、立ち上がりかけたイッチーの腕を摑《つか》んで引き止めた。

なんだか気を遣わせてしまったみたいで申し訳ない。

「……やっと二人きりになれた」

岩場に着くと、月愛がそう言って瞳を静かに煌《きら》めかせた。

月愛が連れてきてくれた岩場は、膝が波に浸《つ》かるくらいの浅瀬にあった。人間の背を優に超える岩がところどころに聳《そび》え立《た》ち、日陰と目隠しを作っている。砂浜や海の家に近い方の浅瀬はにぎわっているが、こちらには他に人影はなく、月愛が言った通り、二人きりになれた感じがした。

「リュート、明日もう帰っちゃうんだよね……」

月愛が、ふと寂しそうに言った。

「うん……講習あるし」

「だよね……」

俯《うつむ》いた月愛が、俺の腕を取って、自分の身体《からだ》を巻きつけるようにじゃれてきた。

「ちょ、ちょっと、月愛……」

後ろから彼女を抱きしめるような格好になって、俺は焦《あせ》る。

月愛の肉感的な水着姿は視覚だけでも刺激が強いのに、その滑らかな肌の感触や、腰や胸のむちっとした弾力を感じてしまったら、俺の水着のシルエットが変形してしまう。

「もーちょっとだけぇ……」

月愛は甘えるように言って、俺の身体にぐいぐい自分の背面を押しつけてくる。

「えっ、ちょっ……」

月愛の、スリムな身体つきのわりに豊満なお尻が、俺の腰の辺りで誘うように妖しく蠢《うごめ》いている。それを水着の薄い布越しに感じてしまったら、もうダメだった。

「……あ♡」

俺の血流の変化は、すぐに月愛に気づかれた。

月愛は身体ごとぐるりと振り返って、今度は向かい合って腰を押しつけてきた。

「…………」

俺はもう完全降伏だ。月愛がお腹《なか》の辺りで俺自身をぐりぐりと嬲《なぶ》ってくるのを、どうすることもできない。

「リュート、エッチな気分になっちゃった？」

「……そりゃなるよぉ……」

情けない声が出た。顔もきっと真っ赤になっているだろう。

「ふふっ、リュート、可愛《かわい》い」

月愛は嬉《うれ》しそうだった。俺の腰に両手を回して密着したまま、楽しげに笑った。

「ほら、カニさんが見てるよ？」

月愛が傍《そば》の岩場を示すので見ると、ひび割れのような岩の隙間から、岩と同じ色をした小さなカニが半身をのぞかせていた。

月愛のぐりぐり攻撃は続いている。

「……る、月愛」

俺は、焦って腰を引いた。

「ちょっと、これ以上は、ほんとに……」

「え〜〜」

月愛は不満げな声を漏らしながらも、腕を解いて、俺から腰を離してくれた。

かと思うと、いたずらっ子のような表情で、俺を上目遣いに見つめた。

「あたし、リュートを困らせるの、けっこー好きかも♡」

「……もぉ〜〜〜」

俺はいつになったら月愛に勝てるのだろう。もしかしたら一生無理かもしれない。だけど、それは不思議とイヤじゃないことに気づいた。

「……ねぇ」

甘えるように言われて、俺は月愛を見た。

月愛は俺の目の前で、目を閉じて、顎を少し上げてこちらに顔を向けていた。

「…………」

俺は彼女の意図を察して、その鮮やかなさくらんぼ色に彩《いろど》られた唇に、少しの間、自分の唇を重ねた。

これくらいしかできない今の自分が、もどかしい。

その思いは月愛も同様だったようで、顔を離した彼女は、せつなげに眉をひそめていた。

「……あーあ」

心が震える音みたいなため息をついて、月愛は天を仰いだ。

「早く春にならないかなぁ……」

そうつぶやく声は、皮肉なほどまばゆい真夏の青空に吸い込まれていった。

♣

あれからもう三年経《た》つのに、俺はまだ月愛にあんな顔をさせてしまっている。

そう思って湧き起こったわずかな罪悪感は、すぐさま心身の火照《ほて》りに押し流される。

もうすぐだ。

そう思いながら、A駅へ向かう足取りは軽い。

八月になれば。

夏に計画している沖縄旅行が、今の最大の楽しみだった。

第二章

ＧＷ明け、俺のスマホに意外な人から連絡が来た。

From. カモノハシ先生
来週業界の飲み会あるんだけど、よかったら来ないかい？
編集者はうちの昔の担当しかいないけど、漫画家とかイラストレーターとかで有名な人も来るから、オタク的に楽しいかもよ。

カモノハシ先生とは、藤並《ふじなみ》さんとのあの会食以来会っていない。あの日「飲み会とかあったら誘うからメアド教えてよ」と言われて交換したけど、本当に連絡が来るとは思っていなかった。
「僕でいいんですか？」と返信すると、カモノハシ先生からすぐにメールが返ってきた。

From. カモノハシ先生
もちろん！
たまには若い子連れていかないと、老害だと思われて誘われなくなっちゃうからさ（笑）。
お友達と一緒に来てもいいよ。女子なら大歓迎（笑）。

「うーん……」

編集部バイト終わりに届いていた返信を読んで、俺はスマホを見ながら悩んでいた。

ちょっと興味はあるけど、一人で参加するのは正直怖い。かと言って……。

「どうしたの、加島《かしま》くん？」

難しい顔をしていたのか、黒瀬さんに声をかけられた。

「いや、なんでも……」

と言いかけて、別に隠すことでもないなと思った。

黒瀬さんも一緒の上がり時間だったので、編集部を出てから、カモノハシ先生からのメールについて話してみた。

夜の飯田橋駅《いいだばしえき》付近には、仕事終わりの人たちが行き交っている。俺たちは時々一緒に夕飯を食べることもあるけど、毎回というわけではないので、駅へ向かっていた。

「へぇ、いいじゃない。行ってみたら？」

黒瀬《くろせ》さんは目を輝かせて言った。

「実際に編集者として出版社に就職したら、社外や担当作家以外の人との交流が少なくなるかもしれないし、今のうちに人脈を作っておけたらいいわよね。……だから、わたしもカモノハシ先生の会食行きたかったのに」

黒瀬さんは、俺が行ったカモノハシ先生との会食のことを後日藤並さんから聞いて、死ぬほど悔しがっていた。黒瀬さんもどちらかというと人見知りなタイプだと思うけど、仕事関係では野心家なのだなと思った。それほど、編集者になりたいという希望が強いのかもしれない。

「……じゃあ、一緒に行く？　友達連れてきていいって言われたんだけど」

「行く！」

食い気味に、黒瀬さんは答えた。

「ちなみに、日にちは……」

「行くってば。予定あったって変更するし」

「う、うん、わかった……じゃああとでメールコピペして送るよ」

そうして、俺は黒瀬さんと一緒に、初めての「業界交流会」なるものに行くことになった。

◇

その会場は新宿にあった。駅から歩いて行ける飲食店ビルの五階にある、チェーン系の普通の居酒屋だ。入り口で「沼田《ぬまた》です」と誰の本名かわからない名前を言うと、店員に奥の大部屋へ案内された。

長いテーブルが四つほど配置されたテーブル席の周りには、すでに二十人ほどの人たちが屯《たむろ》していた。ざっと見たところ三、四十席くらいしかない部屋なので、思ったより規模は大きくないようだ。俺みたいな小童《こわっぱ》に声をかけるくらいだから、何百人も参加者がいる会なのかと思った。

カモノハシ先生は、まだ来ていなかった。

「初めまして、私こういう者です」

黒瀬さんと二人で部屋の出入り口付近でもじもじしていたら、一人の男性に名刺を渡された。

漫画家・イラストレーターと書いてあった。漫画は好きだけど、カモノハシ先生レベルにならないと作者名までは覚えないので、俺は「はぁ、すみません、バイトで編集部で働いてる大学生なので名刺がなく……」とペコペコしながら受け取るしかない。

最初のうちは名刺交換会みたいになっていて、俺と黒瀬さんは恐縮しながら、ただひたすら名刺をもらい続けた。

「乾杯しましょう。座ってください」

参加者がある程度揃《そろ》って、名刺交換会が一段落した頃、幹事らしき人が呼びかけた。俺たちに最初に名刺をくれた男性だった。

俺と黒瀬さんは相変わらず二人でもじもじしたまま、空いていた近くの席に隣り合って座った。

カモノハシ先生が来たのは、参加者がみんな席に着いて、乾杯が行われた直後だった。

「悪い悪い、道が混んでてよぉ」

悪びれずに笑いながら、カモノハシ先生は空いていた席に座った。俺を見て、ちょっとだけ手を上げて。

そんなわけで、俺たちの周りにいたのは、全員初めましての知らない人だった。

「編集部でアルバイトしてるんだって？　どこの編集部？」

俺たちに尋ねてきたのは、俺の向かいに座っている人だった。

名刺で確認したところ、漫画家のサトウナオキという人のようだ。

サトウさんは三十代前半くらいに見える男性で、色白で目鼻立ちが整った、都会的なイケメンだった。座高が高いので、背も高そうだ。なんとなく陰キャっぽい人が多い参加者が多い中（俺も人のことは言えないが）、微笑《ほほえ》みを湛《たた》えてこちらに話しかけてくる様子には大人の余裕を感じる。偏見かもしれないけど、イケメンしか似合わないと言われる黒髪センター分けの髪型からも、己への自信がうかがえる気がした。

俺の友達にはいないタイプだ。

「飯田橋《いいだばし》書店の、クラウンマガジン編集部です」

黒瀬さんが答えると、サトウさんは「へえ」と目を大きくした。

「クラマガ、昔担当いたよ。木下《きのした》さんわかる？」

「いえ……今はいないと思います」

「あ、そうなの？　じゃあ内海《うつみ》さんは？　副編集長の」

「さぁ……今の副編は鈴木《すずき》さんです」

「あれぇ？」

サトウさんは首を捻《ひね》った。

「そんな時間経ってるっけ？　俺の作品がアニメ化した頃だから……まだ五年前くらいだけどな」

それを聞いて、黒瀬さんは驚いた顔になる。

「サトウさん、作品がアニメ化されてるんですか？」

「そうそう。デビュー作と五年前ので、二回してるよ」

「えっ、すごい！」

「すごいですね」

サトウさんはもう完全に黒瀬さんしか見てないけど、手持ち無沙汰なので俺も相槌《あいづち》を打った。

「タイトルなんですか？」

「えっとね……」

サトウさんが言ったタイトル名は、二つとも聞いたことがなかった。名前から想像するに、女の子がたくさん出てくるハーレム物のラブコメのようだ。

「知らない？　デビュー作の方は、一応二シーズンやってたんだけどな～」

「不勉強ですみません。今度見てみますね」

黒瀬さんは謙虚に応答したけど、俺は「なんかこの人、上から目線で偉そうだなぁ」と思っていた。実際、二度もアニメ化している漫画家先生だから、編集部でバイトしている大学生よりはずっと偉いんだろうけど。

お酒も回ってきたのか、サトウさんには笑顔が増えてきた。

「……黒瀬さん？　って、可愛《かわい》いよね」

「えっ？　……あっ、ありがとうございます」

「ほんと可愛いよ。……でも、なんか足りない気がするんだよね」

「えっ？　なんですか？」

黒瀬さんは真剣に尋ね返す。

サトウさんはニヤニヤ笑った。

「うーん……色気かな？」

「えーっ？　それって、どうやったら出るんですか？」

「さぁ。彼氏にいっぱい抱いてもらうとか？」

ニヤつくサトウさんに対して、黒瀬さんは顔をこわばらせた。

そりゃ引くよな。初対面の男にそんなことを言われたら……なんなんだ、この人は。

「……いないんで」

黒瀬さんは、硬い声で返した。

「そうなの？　どれくらい？」

「ずっといないです」

「えー、そうなの？　マジで？」

サトウさんはニヤニヤしている。黒瀬さんがあまりにサトウさんにロックオンされているから話に入れないと思ったのか、黒瀬さんの向かいに座っている人が席を立ってしまった。

するとサトウさんがその席に移って、俺の正面から、黒瀬さんの正面にずれた。

「……でさ、黒瀬さん」

「……は、はい」

黒瀬さんは若干引きながらも、失礼にならないくらいの温度感でサトウさんに対応している。

そうしてサトウさんがニヤつきながら黒瀬さんに絡《から》み、俺が目の前の空席を見ながら、コークハイを飲んでいたとき。

「よおよお、やってるか？」

ビールジョッキを持ったカモノハシ先生が、俺の目の前に座った。その大柄な身体《からだ》の重みを受け止めて、椅子の背がミシッと音を立てた。

「カモノハシ先生……今日は呼んでくださってありがとうございます」

「おう。楽しんでるか？」

「はい……」

まだちょっと楽しみ方がわからないけどとは思いながらも、頷《うなず》くしかない。

そのとき、隣のカモノハシ先生に気づいたサトウさんが、黒瀬さんとの会話を中断して先生の方へ向き直った。

「お久しぶりです、カモノハシ先生」

それでカモノハシ先生が、サトウさんを見る。

「ああ、サトウくんか。前会ったのいつだっけ？」

「今年の音羽《おとわ》書店の新年会です」

「ああ。担当林田くんだっけ？」

「はい」

「どうなの、売れてる？」

「お陰様で、なんとかやらせていただいてます」

「んなショボいこと言うなよぉ！　『一億部売れてます』とか言えよぉ！」

「いやぁ、なかなか厳しいっすね」

サトウさんは、俺たちに見せていた顔とは打って変わって、膝をそろえて座り、殊勝な態度で苦笑いを浮かべていた。カモノハシ先生の前では若い漫画家は誰でもそうなるのかもしれないけど、その変わり身が、俺は少しいやらしく感じてイヤだった。

そんな俺を見て、カモノハシ先生がサトウさんに言った。

「この子さ、クラマガ編集部のアルバイトなんだけど」

「ああ、そうらしいですね。先生のお知り合いだったんですか？　さっき、お話しさせていただいてました」

うーん、やっぱり俺は、サトウさんがあまり好きでないかもしれない。

「んで、こっちがお友達の『黒瀬《くろせ》さん』か？」

「あっ、はい」

カモノハシ先生に訊《き》かれて俺は頷き、俺の隣の黒瀬さんは軽く頭を下げた。

そんな黒瀬さんをマジマジ見ながら、カモノハシ先生はジョッキを呷《あお》る。

「そっかそっか。にしてもキレイなお姉ちゃんだな～。最初、声優かアイドルの子が来てんのかなと思ったよ。まぁ、最近俺は腹ダルダルの中年女じゃねぇと勃たなくなっちまったんだけどな、ギャハハハ」

時代に逆行するセクハラ全開トークに、俺も黒瀬さんもサトウさんもとりあえず笑うしかないけど、これがカモノハシ先生だからしょうがない。

「それに近頃ションベンが近くてよぉ。よっと……」

カモノハシ先生はジョッキを置いて立ち上がったが、アルコールが回っているのか足がふらついた。

「おおっ……」

「大丈夫ですか？」

俺も席を立って、肩を貸しながらカモノハシ先生をトイレに連れて行ってあげた。

「悪いなぁ。酒にも女にもめっきり弱くなって、なーんにもできなくなっちまったよ」

そういえばこの前Wikipediaで調べたら、カモノハシ先生は六十二歳になるらしい。まだまだエネルギッシュに見えるけど、若い頃より衰えは感じているのだろうなと思った。

そんなこんなでトイレから帰ってくると、俺たちが元いた席には別の人たちが座っていたので、俺とカモノハシ先生は別のテーブルに着いて、新たな飲み物を頼んだ。

黒瀬さんとサトウさんは、相変わらず向かい合って二人だけで話していた。

幹事が誰で、どういう基準で参加者を選んだのかいまいち謎なその飲み会は、三時間ほど続いてお開きになった。

後半、俺はずっとカモノハシ先生の横にいた。いろんな漫画家の人と挨拶はしたけど、デビューしたばかりの新人さんや同人誌が主戦場の人よりも、「聞いたことはあるタイトルだけど読んだことはない」くらいの漫画を描いてる人に一番気を遣ってしまった。アニメ化してファンも大勢いて業界的には有名な人なのだろうし、ただの大学生が浅い知識で会話させてもらうのも失礼な気がしてしまった。

結局俺は、カモノハシ先生の近くで、カモノハシ先生が若手漫画家にする自虐混じりの自慢話を聞く、というポジションに落ち着いた。この前の会食と一緒だ。

アルバイトとはいえこの業界で働いているなら、もっといろいろな漫画を読まなければなと反省した。

そうして、会費の徴収などが終わって、解散の雰囲気で皆が部屋の出入り口付近に立っているときだった。

黒瀬さんは、まだサトウさんと話していた。

立っているサトウさんはやっぱり背が高くて、関家《せきや》さんくらいありそうだ。ちょっと猫背っぽいひょろっとした長身の雰囲気がいかにも女性ウケしそうで、黒瀬さんと楽しそうに話す様子を見るにつけ、なんとなく警戒心が強まった。

何を話しているんだろう……と、俺は二人に気づかれないように、人混みに乗じてさりげなく近くへ移動して、耳をそばだててみた。

二人はスマホをかざし合って、連絡先を交換しているような雰囲気だった。

「……ありがと。じゃあ、また連絡するから」

そう言って自分のスマホをしまったサトウさんは、スマホを持つ黒瀬さんの手をじっと見た。

「黒瀬さんって、ネイルとかしないの？」

「えっ？」

黒瀬さんは、少し驚いた顔をする。男性にそんなことを訊かれたことがあまりないのかもしれない。

「うーん……。姉にも『しないの？』って言われるんですけど」

確かに、月愛《るな》はネイルが好きだもんな。

「わたし爪が弱くて伸ばせないし、マメにケアとかするのも向いてない気がするんですよね」

「ふうん」

自分が訊いたくせに興味があるのかないのかわからない返事をして、サトウさんは黒瀬さんを見た。

「でも、もっと気を遣ってみたら、さらに魅力的になると思うんだけどな」

そう言うと、サトウさんはふと背をかがめ、黒瀬さんの耳元に顔を近づけた。

「……せっかく可愛いんだからさ」

男前な顔に微笑を浮かべて囁《ささや》いたサトウさんを見て、黒瀬さんはポッと頬を赤らめた。

えっ⁉

さっきまで引いてたのに、いつの間にそんな距離感になった？

戸惑う一方で、サトウナオキへのイラつきも止まらない。

なんだお前は！　ほんとに漫画家か⁉　漫画家なんてみんな陰キャだろ⁉

漫画編集部で働く者としては失礼な思想かもしれないが、俺が抱いていた男性漫画家のイメージと、サトウナオキの雰囲気があまりにかけ離れている。

でも、なんとなくだけど、黒瀬さんに対する、スマートな大人の男とは言い難《がた》い距離の詰め方を見ると、何かをこじらせて成長してしまったオタクなのかなという気はした。

「……サトウさんって、面白い人よね」

店を出て、二人で駅へ向かって夜の繁華街の通りを歩いていたとき、黒瀬さんがぽつりとつぶやいた。

「そ、そう……？　なの？」

「うん。イケメンなのに、ちょっと変だし。学生時代はダサくて、全然モテなかったんだって。だから、漫画で少年向けラブコメ描いて、恨みを晴らしてるんだって」

「そうなんだ……」

あの歪《ゆが》んだ感じは、それを聞けばちょっと納得するけど。

「でも、アニメ化作家で売れっ子だし、業界のこと、いろいろ教えてもらって勉強になったわ」

「ふうん……」

じゃあ、二人は思ったより真面目な話をしていたということか。

「………」

考えてみれば、黒瀬さんはその容姿のせいで、良《い》い意味でも悪い意味でも、常に男の恋愛的な興味の対象になってしまう存在だった。

ガツガツ来られたり、遠巻きに噂《うわさ》されたり。

誰にでも自分から分け隔てなく声をかける月愛と違って、人見知りの黒瀬さんに対しては、そういう距離感しか作れない同級生男子が圧倒的に多かった。

サトウさんのように余裕を持って接することができて、興味のある業界の話をしてくれる男性なんて、彼女にとっては貴重な存在だったのかもしれない。

「今日は誘ってくれてありがとう、加島《かしま》くん」

そう言って微笑《ほほえ》んだ黒瀬さんは、久しぶりに思わずドキッとするほど可愛《かわい》かった。

「……来てよかったかも、わたし」

口元に手を当てて、うっとりしたように微笑む彼女を見て。

俺は。

心の中に、何かの予感が湧き起こるのを打ち消せずにいた。

◇

翌日のバイトのとき、編集部で会った黒瀬さんは髪型を変えていた。

いつもの黒髪を後頭部で一つにまとめ、ポニーテールにしている。

「珍しいね。髪型違うの」

さすがに俺でも変化に気づいたので話題にすると、黒瀬さんは嬉《うれ》しそうに微笑んだ。

「サトウさんが、ポニーテール好きだって言うから」

「え、そ、そうなの？」

そこでその名前が出てくることを予期していなかった俺が焦《あせ》っていると、黒瀬さんは上機嫌に言った。

「今日、バイト終わったらご飯食べに行くんだ」

「えっ？　……二人で？」

「うーん、どうだろ？　サトウさんが誰か誘ってなければ、そうなるのかな？」

「……………」

昨日の今日なのに、サトウナオキ、行動が早すぎる。

「そ、そっか……サトウさんによろしくね……」

別に何もよろしくしたいことはないけど、それしか言うことが思いつかなかった。

「じゃあ、お先にね、加島くん！」

終業時間になると、いつも一緒に帰るため俺を待ってくれる黒瀬さんは、たちまち支度を終えて先に編集部を後にした。

「うん、お疲れさま……」

黒瀬さんのポニーテールが、喜んだときに犬が振るしっぽみたいに揺れて、視界から消えていく。

それを見ながら、俺は心の引っかかりを消せずにいた。

「……藤並《ふじなみ》さん」

だらだら帰り支度して、デスクで電話していた藤並さんがスマホを置いたタイミングで、俺は藤並さんに声をかけた。

「今ちょっといいですか？」

「あ、加島くん。どうしたの？」

藤並さんは余裕のある顔をしているので、今は忙しくなさそうだ。雑談をしてもＯＫだろうと判断して、俺は口を開いた。

「サトウナオキさんって漫画家さん知ってます？　前にクラマガに担当いたらしいんですけど……」

「あー、『いもコレ』の人だよね？」

藤並さんが口にしたのは、五年前にアニメ化したサトウさんのヒット作の略称だ。

「そうです」

「そのサトウさんが、どうかした？」

藤並さんに訊《き》かれて、俺はちょっと周囲を見渡した。十九時の編集部内には、三席置きくらいに社員が座っていて、人口密度はそんなに高くない。個人的な話をしても許される雰囲気だ。

「いえ、あの、先日カモノハシ先生に誘われて行った飲み会で、サトウさんとお話しさせてもらったんですけど」

「へー、そんなのあったんだ。俺はなんも誘われてないけどなぁ」

「あぁいえ、現役の担当編集の人は呼んでないって言ってました」

「うん、わかってるよ。それで？」

俺の慌てぶりを見て、藤並さんが笑って促した。

「サトウさんって、どんな方なのかなーと。クラマガではお仕事しないのかなーとか……」

「お、仕事熱心だね。サトウさんと繋《つな》いでくれるの？　やっぱ君、編集向いてるんじゃない？」

からかうように言われて、俺が再び慌てて言葉を探そうとしたとき、藤並さんは続けた。

「いやでもね、真面目な話……」

声のトーンが二段階くらい下がって、藤並さんは周囲に目を配る。

「先輩から聞いたんだけど、あの人、ちょっとこっち関係がね」

そう言って、小指を立てた。いつか山名《やまな》さんもやっていた「女性」を示すジェスチャーだ。今日日、彼女以外にもまだやる人がいると思わなかった。

「前にうちの編集部にいた若い女の子が、サトウさん担当してたんだけど」

そう言うと、藤並さんは隣の空きデスクの椅子を引いて、俺に座るよう手招きした。

膝を寄せ合って密談の距離になった俺に、藤並さんはさらにもう一段声をひそめて、完全にヒソヒソ話のテンションで話し始めた。

「ここだけの話だよ？　打ち合わせのあとに飲んでると、毎回『ホテル行かない？』って誘ってくるんだって。それがイヤだってなって、サトウさんの担当は副編預かりになったんだけど。そしたら『前の担当と練ったプロットだから担当が違うなら描けない』って全然ネーム上げて来なくて。それでも圧倒的に才能がある人なら、そこをなんとかお願いしますって頭下げるところなんだけど、それほどでもないかなーって。ほら、あの人の作品って全部同じっていうか……ちょうどデビューした頃にはそういう系統の話が流行《はや》ってたから時代に乗れてたところがあるけど、今だとちょっと古くさいっていうか、クラシカルなハーレムラブコメじゃん？　女の子も、可愛いけど、いわゆる『判子絵』だし。もちろんそういうの好きな人もいるし、いつの時代も一定の需要はあると思うんだけど、なんとしても今クラマガに載せたいっていう作品でもないし、じゃあいいですってなっちゃったんだよね」

「はぁ……」

なんだかイヤな裏話を聞いてしまった。俺の予感は当たっていたのかもしれない。

「ほんとにここだけの話だからね。君が将来編集者になるかもしれない子だから、こういう話をしたんだからね」

まだ将来のことは決めていないけど、藤並さんの期待は素直に嬉しいので、俺は殊勝に頭を下げる。

「……あの、そういうサトウさんみたいな人って、けっこう多いんですか？」

「いや全然。かなり珍しいよ。俺は、他には知らないなぁ」

幾分声のボリュームを戻して、藤並さんは笑った。

「まぁでも、あれからご結婚されて、お子さんも生まれたって聞くし、今はもうさすがに落ち着いてると思うけどね」

それを聞いて、俺は目を丸くした。

「えっ、サトウさんがですか？」

そんな俺に、藤並さんも目を丸くする。

「うん？　……確か、そうだったと思うけど」

ちょっと自信がないのか遠くを見て目を細め、藤並さんは頷《うなず》いた。なんだか曖昧な話だ。

「……わかりました。ありがとうございます」

「こちらこそありがとうね」

席を立って椅子を戻す俺に、藤並さんは機嫌良く笑いかけた。校了前とは別人のようだ。

「……はぁ」

社屋を出て、夜の飯田橋界隈《いいだばしかいわい》を歩きながら、思わずため息が出た。

別に、サトウさんが女にだらしなくたって、結婚してて子どもがいたって、黒瀬《くろせ》さんとただの友達として仲良くなる分にはかまわないんだけど。

——せっかく可愛いんだからさ。

黒瀬さんを見つめて、やに下がったサトウさんの顔を思い出す。

——来てよかったかも、わたし。

それに、黒瀬さんのあの表情も。

「男女、だよな……」

その感情は、おそらく。

陰キャで月愛《るな》以外との恋愛経験がない俺の見立てだから自信はないけど、あの日の二人を近くで見ていたら、そうとしか思えなかった。

黒瀬さんは、どこまで知っているんだろうか。

◇

俺の心配をよそに、黒瀬さんは翌日の出勤も上機嫌だった。

「ねぇ、今日よかったらご飯食べていかない？」

帰り道、社屋を出た早々、黒瀬さんの方から誘ってきた。

「ん、別にいいけど……」

何か話したいことがあるのかなと思った。俺もサトウさんとのことが気になっていたから、ちょうどいいかもしれないと思った。

「加島《かしま》くんって、いつも月愛とどういうお店にご飯食べに行くの？」

いつものこぢんまりした居酒屋に入ると、ビールの到着を待つ間に、黒瀬さんはそう尋ねてきた。

「え？　うーん、そのときによって違うけど、月愛が好きそうなカフェレストランみたいなところが多いかな？　ファミレスとかも行くし」

「ふうん、そうなんだ」

　自分から訊いたくせに、黒瀬さんは俺の回答にあまり食いついてこなかった。

「……サトウさんとね、昨日、高層ビルのレストランに行ったの」

　両手を合わせて口元に当てて、黒瀬さんは伏し目がちに言う。

「窓に面したカウンター席に並んで座って、ずっと夜景見ながら食事ができて……とっても素敵だった」

　その頬は薔薇色《ばらいろ》に染まっていて、同じ居酒屋にいるのに、ジョッキをテーブルに打ちつけて飲んだくれていたときとは別人のようだ。

　俺への質問は完全に前フリで、彼女はこの話がしたかったのだなとわかった。

「……そんなところ、高かったんじゃない？」

「そうよね。でも、サトウさんが払ってくれたから。いつ支払ってくれたかわからないの。最後にお財布出したら、『もう済んでるから行こう』って。たぶん、わたしがトイレに行ってる間かな？」

「そうなんだ……」

　そんなこと、俺はやったことない。黒瀬さんのこの様子を見る限り、女の子はそういうキザったらしいことをされるのが嬉《うれ》しいのだろうか？

まあでも、俺と月愛の場合、月愛が社会人で俺より稼いでいるので、背伸びがバレバレでみっともない気がする。慣れないことはやめておこう。

「それで、二人で道を歩いてたら後ろから車が来て、サトウさんが『危ないよ』って、車道側に動いてくれたの」

そんなことを考えている間にも、黒瀬さんのノロケは続いていた。

そう、これは完全にノロケだ。テーブルに置かれたビールにも手をつけず、夢見るような微笑を浮かべて俺に語っている。

俺は自分の方に置かれたレモンサワーを勝手に飲んでいいものか迷っていた。二人で飲むときは大体この店を利用しているので、いつの間にかビールジョッキはほぼ確実に黒瀬さんの方に置かれるようになっていた。

「さすが大人よね。サトウさん、三十二歳なんだって。デビューして今年で十年で、二回もアニメ化してて、ほんとすごいわよね……」

黒瀬さんはうっとりしている。

この様子だと、サトウさんの既婚情報を知らないのだろうか？　手遅れになる前に教えてあげた方がいいのだろうか？　でも、もしかしたら藤並《ふじなみ》さんの思い違いかもしれないし……と俺は、レモンサワーに伸ばしかけた手を、さらに別の迷い事でさまよわせ続ける。

「……サトウさんみたいに、会うたび『可愛《かわい》い』って何度も言ってくれる男の人、初めて」

独り言のように言う言葉が意外で、俺は手を引っ込めて目の前の黒瀬さんを見つめた。

「……そうなの？」

黒瀬さんは誰が見ても超美少女で、そんな言葉、腐るほど浴びて生きてきたのだと思っていた。実際、転校してきた彼女を見たクラスメイトは口々にその容姿を褒めていたと思うのに。

「女の子はよく言ってくれるよ？　一番言ってくれるのは、近所のおばちゃんかな」

ちょっと笑って、黒瀬さんはテーブルに視線を落とす。

「でも、男の子は……しかも二人でいるときに言ってくれる人なんて、まずいないわよ」

「そうなんだ……」

意外な気持ちで口に出すと、黒瀬さんはふと目を上げて俺を見た。

「加島くんは、一回だけ言ってくれたことあったよね」

「え？」

「『どうして中一のとき好きになってくれたの』って訊《き》いたら『可愛かったから』って」

それを聞いて、遠い日の記憶の扉が開いた。

「ああ……」

あれは確か、高二の秋のこと。黒瀬さんとの関係のせいで、月愛との間に隙間風が吹いて、俺が黒瀬さんと友達をやめる決意をしたとき。

——最後に、訊いてもいいかな？　中一のとき、どうしてわたしを好きになってくれたの？

——……可愛かったから。

「あれ、嬉しかった。……友達やめるときだったけど」

苦笑めいた笑いを漏らして、黒瀬さんは再び伏し目がちになる。

「サトウさんは、わたしがこれまでの人生で男の子からもらった『可愛い』の記録を、一人で更新してくれるの」

「…………」

言えないよ、そりゃ。普通の男は。

「『可愛いね』って何度も言って、頭撫《な》でてくれて……そんなことされたの、生まれて初めてだった」

できないよ、普通。

少なくとも、俺や久慈林《くじばやし》くんには……藤並さんだって無理だろう。

だって、黒瀬さんは超がつくほどの美少女で。

ただ目の前にいるだけで男を緊張させるくらいの美貌を持っていて。

立習院に受かるくらいの才女でもあって。

女性として完璧で、誰がどう見たって、高嶺《たかね》の花だから。

「可愛いね」なんて、小さな子にかけるみたいな言葉、面と向かって言ったら失礼な気がして。

一回りも歳上《としうえ》で、長身でルックスも良くて、仕事でも大衆から認められてて、もしかしたら家庭も持ってるかもしれない、サトウナオキくらい余裕のある男じゃなかったら。

そんな態度、とてもじゃないけど黒瀬さんには取れない。

「男の人に触れられるのって怖いと思ってたけど、サトウさんに頭を撫でられたら、わたし……サトウさんにならら……」

「ちょ、ちょっと待って、黒瀬さん」

黒瀬さんがあまりに一人で盛り上がっているので、俺は慌てて話を止めた。

「もしかしてだけど……サトウさんって、結婚してない？　人から聞いたんだけど、俺の聞き間違いかな？」

この際、サトウさんの人となりに対する好悪《こうお》は別にして、ここをはっきりさせなければ、俺は黒瀬さんの恋を応援することはできない。

「………………」

黒瀬さんは急に押し黙った。それを見て、彼女は何か知っていると思った。

「子どももいるって聞いたんだけど……」

黒瀬さんの眉根が寄って、不快感に耐えるような表情になる。

「……知ってる。スマホのロック画面にしてるし。『アオイ』ちゃん、二歳」

「……あ、そう、なんだ……」

そこは隠していないんだ、サトウナオキ。

潔《いさぎよ》いんだかずるいんだかわからないけど、少しだけほっとした。

「だったら……ちょっと、そろそろ、まずくない？」

「何が？」

黒瀬さんはムッとした顔のまま訊き返す。

「だって黒瀬さん……サトウさんのこと、男として好きになりそうなんでしょ？」

っていうか、たぶんもう完全に、黒瀬さんはサトウさんに恋している。

「……でもサトウさん、奥さんのことはもう女として見られないんだって」

「『でも』じゃないよ」

思ったより黒瀬さんの反応が頑《かたく》なだったので、俺は慌てた。

「結婚してるんだよ？　その事実がすべてだよ。サトウさんが本当に奥さんを異性として見てないなら、奥さんと別れてから他の女性をデートに誘うべきじゃない？」

俺の正論すぎる意見に、黒瀬《くろせ》さんは一瞬言葉に詰まった。

「……別に、そういうんじゃないから」

「え？」

「サトウさんに、そんなつもりがないのはわかってる。わたしが、勝手に好きなだけだから」

「…………」

それを聞いたとき、俺はかつて黒瀬さんに言われた言葉を思い出した。

——誰を好きになるか、誰を好きでいるか……それはわたしが決めること。わたしの心は、わたしの自由でしょ？

——わたしが、勝手に好きなだけ。……ただそれだけだから。

「…………」

ああ、そうだ。黒瀬さんにはこういう頑固なところがあったんだ。

「……それならいいけど……」

高校時代、月愛《るな》と付き合っている俺のことを、想い続けてくれていたように。

黒瀬さんはまた、報われない恋に身をやつそうとしているのか。

いや。ただ報われないだけなら、まだいい。

俺が気になっているのは……サトウさんは、たぶん俺とは違う種類の男だってことだ。

「……サトウさんね」

気まずい展開が一段落したと思ったのか、黒瀬さんは再び恋する乙女の表情になる。

「今、仕事に詰まってて、今度、ホテルに缶詰めする予定なんだって。すごいわよね。売れっ子って感じ。オールデジタルだから、アシスタントの人に原稿送るのもどこからでもできるんだって」

「ふうん……」

ホテルに缶詰めなんてする人、今でもいるんだ。一昔前の小説家ってイメージだ。

「『よかったら会いに来てよ』って、冗談で言われた」

「……行かないよね？」

緊張気味に尋ねた俺に、黒瀬さんはおかしそうに笑った。

「行かないわよ。どこに泊まってるかも知らないし」

そして多少気まずげに視線を逸《そ》らして、テーブルの上のジョッキに目を留《と》める。

「あ、ビール来てたんだ」

すっかり泡の層がなくなって九分目くらいになった生ビールを手に、黒瀬さんは俺にとってつけたような笑顔を向けた。

「飲みましょ、カンパーイ！」

◇

そんなことがあってから、しばらく経《た》った。

黒瀬さんのことは引っかかりつつも、俺は自分の日常をつつがなく送っていた。

俺は平日の四日間編集部バイトに入っているので、黒瀬さんとはウィークデーにはほぼ毎日顔を合わせる。

その唯一会わない水曜日、黒瀬さんからメッセージが来た。


サトウさんから「原稿終わったから、俺が泊まってるホテルで今夜食事しない？」って言われたんだけど

「えっ？」

講義中に何気なくスマホを見た俺は、思わず声を出してしまった。五月後半の大学には今年も五月病の雰囲気が蔓延《まんえん》していて、大教室に学生の姿はまばらだったので、俺の小声を拾った者はいないだろうけど。

五限も終盤で、もう十八時前という時間だが、外はまだまだ明るかった。あと一ヶ月で夏至だ。

女友達に言ったら「絶対ヤリモクだから行かない方がいい」って止められたんだけど、加島《かしま》くんはどう思う？

「…………」

黒瀬さんからのメッセージの続きを読んで、俺は息を呑《の》んだ。

ちなみに、そのホテルってどこ？

メッセージを送信すると、すぐに返事が来た。黒瀬さんは今日も編集部のはずだけど、バイトに集中できていないようだ。

変なホテルじゃないわよ
ここだって

添付されていたURLをクリックすると、結婚式会場として聞いたことがあるような、由緒《ゆいしょ》正しい高級ホテルのサイトが出てきた。

こんなところで原稿してるのか。サトウナオキ、すごい財力だ。さすがアニメ化二回漫画家。

「…………」

これは俺が考えすぎなのか？　童貞だからすべてをエロに結びつけてしまうせいなのか？

自分が連泊してるホテルに女性を招いて、同じホテルのレストランで食事をしたら……その後はたぶん、自分の部屋に招くのではないか？

そしたらたぶん、することは決まっていて……だって、相手は自分の担当編集ですらホテルに誘うくらいの男なんだから。
いくら既婚者になったからといって、いきなり分別がつくようになっているとは思えない。

俺も、黒瀬さんの友達と同じ意見だけど…

メッセージを送信すると、今度はしばらく返ってこなかった。
心配になったので、追いメッセージをした。

黒瀬さん、行くつもりなの？

おそらくは、行きたいけど、サトウさんの真意がわからず迷っている。そんなところだろう。
だから友人に相談したり、俺にメッセージを送ってきたりしたのだろうし。
サトウさんのことが好きで、結ばれたい気持ちがある。でも、遊びの不倫相手にはなりたくない。

もし、サトウさんが黒瀬さんのことを本気で考えていて、自身の離婚まで視野に入れているのなら、不倫関係に足を踏み入れるのも辞さない……もしかしたら、そんな気持ちなのかもしれない。

黒瀬さんからのメッセージが止まったまま、五限が終了した。

「…………」

なんとなく気が急《せ》いて、仕事帰りのサラリーマンたちと共に足早に駅を目指しながら、時々スマホをにらんでいた。

そこへ、黒瀬さんではなく月愛からメッセージが来た。

授業お疲れさまー！
あたしは今帰ってきたとこー

月愛は今日仕事が休みで、美容室と山名さんのネイルサロンに行ってから、保育園に妹たちを迎えに行って帰宅すると言っていた。

「月愛……」

月愛に相談しようか。黒瀬さんのことなら、その方がいい気がする。

黒瀬さんがサトウさんのことを月愛に言っているかどうかはわからないけど、この際、黒瀬さんとの友情が再び壊れたっていい。俺の力だけで黒瀬さんを止められるとは思わない。

そう思って、月愛に電話しようとしたとき、スマホが新たなメッセージを受信した。

行こうと思う。
わたしはサトウさんを信じる。

「……!」

いや、よく考えなよ
黒瀬さんには言ってなかったけど、サトウさんって、結婚前すごく女癖悪かったらしいよ?
絶対遊ばれるって!

思わず感情的なメッセージを即レスしてしまったら、黒瀬さんからもすぐに返信があった。

結婚前でしょ？
サトウさんイケメンだから、少しくらい遊んでるのはわかってるわよ
もう決めたんだから、ほっといて！
加島くんなら応援してくれると思ってたのに

「…………」

自分から言ってきたくせに、今さら「ほっといて」だって？

じゃあ、俺のこのモヤモヤはどうしたらいいんだよ？

なんだか、黒瀬《くろせ》さんのために気を揉《も》んでいる自分がバカみたいになってきた。

そんなこと言うならもういい。もしサトウさんに遊ばれても、痛い目を見るのは黒瀬さん自身なんだから。

そう思って、スマホをポケットにしまって駅へ向かおうとしたときだった。

「加島殿」

後ろから声をかけられて、振り返ると久慈林《くじばやし》くんがいた。

「えっ、どうしたの？」

「小生は駅前で夕飯を摂《と》り、図書館に用があって大学へ戻る途上で候」

簡潔に答えて、久慈林くんは訝《いぶか》しげに俺を見る。

「貴君こそ、何かござったか？　鬼神のごとき形相に、声をかける契機を逸した次第」

「あぁ……」

それで、駅前から来たというのに背後から声をかけられたのか。久慈林くんとすれ違ったことにも気づかないくらい、俺はいっぱいいっぱいになっていたのかもしれない。

「……黒瀬さんのことで、ちょっと」

「黒瀬女史？」

久慈林くんは、興味深げに復唱する。黒瀬さんにはまだ心惹《ひ》かれる気持ちがあるようだ。

「うん、実は……」

仕事帰りの人がひっきりなしに通っていく道端でする話でもなかったので、俺たちは、ちょうど横にあったファストフード店に入った。

「……というわけで」

レジのすぐ前にある、通りに面したカウンター席で、俺は隣の久慈林くんに手短に話をした。

「…………」

久慈林くんは、俺の話を終始俯《うつむ》きがちに聞いていた。

「黒瀬さんがそう言うなら、もういいやって思ってたところなんだ」

「…………」

俺が話し終わってからも、久慈林くんはしばらく手元のバニラシェイクのコップを見つめて押し黙っていた。頭の回転が速い彼にしては珍しい。

もっとも、六年間男子校にいた自称「童貞妖怪」の久慈林くんには、既婚者の恋愛なんて異世界レベルの話だろうし（それは俺も同じだけど）、なんとコメントしていいかわからないのかもしれない。

バニラシェイクの紙コップがかいた汗でテーブルが濡《ぬ》れていくのを見ながら、俺は少しずつ冷静さを取り戻していた。

黒瀬さんに「ほっといて」と言われたことに腹を立てていたけど、現実問題、これ以上俺にできることはない。サトウさんとのことは、結局、黒瀬さんがしたいようにするしかないのだし。

なんとなくスマホを見た。十八時半過ぎだ。もうすぐ黒瀬さんの勤務時間が終わる。

編集部を出たら、黒瀬さんはサトウさんが待つホテルへ行くのだろう。

好きな人に会える嬉《うれ》しさと、ほんの少しの不安を抱えながら。

どうかサトウさんが、大人としての最低限の良識を持った男でありますように。

そう願って、話題を変えようかと思っていたときだった。

「……サトウ某《なにがし》は、黒瀬女史を幸せにできるのであろうか？」

久慈林くんが、ぽつりと零《こぼ》した。その視線はまだバニラシェイクに向いている。

「え？　いや、できないでしょ。結婚してるんだし」

飲み会のときの印象も思い出して、思わず即答してしまった。

「……しかし、黒瀬女史にとっては、そうでないのかもしれない」

「え？」

「人は、己《おのれ》の目で見ないものは信じられないゆえ。それがたとえ、未来の話であっても」

どういうことだと思って、俺は久慈林くんを見守る。

久慈林くんは、バニラシェイクを見つめたまま、訥々《とつとつ》と話した。

「加島《かしま》殿に見える未来と、黒瀬女史が見ている未来は異なるのかもしれぬ」

「いやでも、妻子持ちで一回り年下の女の子口説いてる時点でろくな男じゃないでしょ。

独身の頃とはいえ、仕事の担当者まで行こうとしてるし」

「その話を、黒瀬女史は存じているか？」

「いや……」

今言ったところで、盲目になっている彼女を説得するには弱い材料だと思うし。

そう考えて黙っていると、久慈林くんが再び口を開いた。

「小生は童貞妖怪であるが、恋愛の萌芽《ほうが》を感じる心には身に覚えがある。物の本でも、幾度も追体験したことがある。それは人間の本性に根ざした感情であり、自身が結婚したからといって、容易《たやす》く打ち消せるものではあるまい」

「……ん？」

どういうことだ？　まさか久慈林くんはサトウさんを擁護しようとしているのか、と思っていると、久慈林くんは「ただし」と続けた。

「その表現の仕方は変わろう。サトウ某《なにがし》が、もし黒瀬女史に真心の恋をしたのであれば、彼は、既婚の身の上で、どうしたら黒瀬女史を幸せにできるか考えねばならぬ」

「……それは少なくとも、自分が泊まるホテルに彼女を誘うことじゃなくない？」

俺の言葉に、久慈林くんは頷《うなず》く。

「ゆえに、サトウ某の恋は、真心の恋ではない。しかし、それが黒瀬女史の目にはまだ見えておらぬ」

「………」

そうなんだろうな、と思った。サトウさん自身も、黒瀬さんにはいい顔しか見せていないのだろうし。

「……加島殿」

「ん？」

不意に呼ばれて、俺は久慈林くんを見た。彼は幾度かためらうように首を振ってから、意を決した顔つきで口を開いた。

「黒瀬女史を……止めてあげてくれぬか？」

「え？」

意外なことを言われて、俺は久慈林くんを見た。

久慈林くんも俺を見て、すぐにテーブルに目を落とす。

「……彼女は、心優しい女子である。小生のつまらぬ話を、相槌《あいづち》を打ちながら二時間も聴いてくれた」

それはあの「初対面で二時間森鷗外《もりおうがい》の話をし続けた」ときのことを言っているのだろう。

「斯様《かよう》に心優しい彼女が、身も心も惹かれている男からの誘いを無下に断れるとは思わぬ」

　そうかもしれない。

　――男の人に触れられるのって怖いと思ってたけど、サトウさんに頭を撫《な》でられたら、わたし……サトウさんになら……。

　あんな顔の黒瀬さん、初めて見た。

　いや、本当は初めてじゃないのかもしれない。

　いつか体育倉庫で俺に迫ってきた彼女も、もしかしたら……暗がりだったから、はっきりとは見えなかったけど。

「あれから、彼女のことをずっと考えている」

　久慈林くんの言葉に、俺はハッとして顔を上げた。久慈林くんは、真剣な面持ちでバニラシェイクを見つめていた。

「雪月花のごとき容貌に浮かべられた微笑が心から離れぬ。あのような美しく心優しき女子には生涯幸せであってほしい。しかし……」

　紡《つむ》がれる言葉の一つ一つに、久慈林くんの真心と誠実さを感じる。たった一回会っただけの女の子に対する思いとしては重いのかもしれないけど、俺にはその気持ちがわかる気がした。

「友達未満の存在であるところの小生に、できることは何もない。だから、彼女と小生の友人である貴君にお願いしたい。どうか黒瀬女史を止めてほしい」

俺と目を合わせて言った久慈林くんは、再び目を伏せて。

「彼女が自身の幸せを犠牲にして、愛する男の望みを叶《かな》えてしまう前に」

そう言うと、水滴が滴《したた》り落《お》ちるふやけたバニラシェイクの紙コップを持ち上げて、少しだけ気まずそうに啜《すす》った。

◇

「お疲れさま、月愛《るな》。ちょっと相談があって……悪いんだけど、今から会えないかな？　目白に来てほしいんだけど」

久慈林くんとファストフード店の前で別れた俺は、月愛に電話した。

「え、どしたの？　リュートがそんなこと言うなんて珍しーね。わかった。美鈴《みすず》さんも帰ってきたし、今から行くね！」

いつものように双子がやいやいと騒ぐ声をＢＧＭに、月愛はそう言って電話を切った。

月愛との通話を終えてから、俺は駅に向かう足を止めずに続けて電話をした。

「もしもーし？　どちらさん？」

「突然すみません、加島です。今お電話大丈夫ですか？」

「おお！　どうしたの！」

聞こえてきた豪快な声は、電話でもいつものカモノハシ先生だった。メールアドレスを交換した際に、先生が「この数字、携帯の番号なんだよね」と言っていたのを覚えていてよかった。

「ちょっとお聞きしたいんですけど……サトウナオキさんって、ご結婚されてますよね？」

「おー、そうだね。五年前くらいだっけ？　忘れたけど。合コンで出会った女子大生とかナースとかスッチーとか言ってたっけ？　忘れたけど、とにかく年下の美人よ」

「……お子さんもいらっしゃるとか」

「そうだね。確か女の子かな？　前に飲んでたとき『昨日生まれました』とか言うから、俺そのとき奢《おご》ったもん！」

ここまで言われたら、サトウナオキの既婚子持ちは確定だろう。

「それがどうしたのよ？」

カモノハシ先生が訝《いぶか》しげな声で尋ねてくるので、俺はあの飲み会からのサトウさんと黒《くろ》瀬《せ》さんとの経緯を簡単に話した。

話している途中で駅に着いてしまって、通話を中断して電車に乗るわけにもいかず、タクシーに乗った。黒瀬さんより早くホテルに着かないと意味がないから、少々の出費は仕方ない。

「マジかー、そりゃヤバいね！」

俺からの話を一通り聞いたカモノハシ先生は、大声でそう言った。周囲は静かだから、たぶん自宅か仕事場なのだろう。

「俺さー、そもそもサトウくんってイケメンだから嫌いなんだよね！　ペンネームもヤな感じじゃん。『サトウナオキ』って、本名カタカナにしただけなんだよ。実生活でモテるから自分に自信があって、フィクションの世界でも飾らなくていいって思ってんだろ？　俺なんか見てよ、カモノハシだよカモノハシ！　コンプレックスの塊すぎて、人の名前すらつけられなかったよ！」

カモノハシ先生はギャハハハと豪快な笑い声を立てる。プライベート空間にいるのは間違いなさそうだ。

そんな先生に、俺はそろそろ本題を切り出そうと思った。

「……カモノハシ先生って、サトウさんと仲のいい漫画家さんとかご存じですか？」

「んー、そうだね。同じ雑誌出身の悠木《ゆうき》くんとか月影《つきかげ》くんとかが仲良いんじゃないかなぁ。昔よくつるんでんの見たから」

「……その方々に、サトウさんとご家族……特に奥さんとの仲の良さがわかるようなものを送っていただくことってできませんかね？　写真とか、ＬＩＮＥのスクショとか……なるべく最近のがいいんですけど」

「あ？　スクショ？　画像のことだろ？」

「まあ、そうです……」

「わかったわかった！　俺ガラケーだけど、なんかテキトーに言って画像添付して送ってもらうから！」

「すみません、個人情報とかの問題で、昨今なかなか難しいと思いますが……」

「だいじょぶだいじょぶ！　それ見せつけて、黒瀬さんの目ぇ覚ましてやろうってんだろ？」

「……はい」

　さすが国民的漫画家先生だ。俺の思惑もお見通しのようだ。

「そういうことなら任しときな！　俺の頼みなら、この業界じゃ誰も断れねーから！　こういう圧倒的正義の大義名分があるときこそ、思いっきりパワハラかましてやんなきゃな!」

「ありがとうございます……」

「いいっていいって! これでムカつくイケメン成敗できるならスッキリするわ!」

そうしてカモノハシ先生との通話を終えてから、俺はタクシーの後部座席でため息をついた。

「……ふぅ」

——人は、己の目で見ないものは信じられないゆえ。それがたとえ、未来の話であっても。

——加島《かしま》殿に見える未来と、黒瀬女史が見ている未来は異なるのかもしれぬ。

久慈林《くじばやし》くんの話を聞いて、黒瀬さんに何か「目に見える形で」サトウさんの気持ちを見せなければと思った。

それが成功するかはわからないけど、今はカモノハシ先生の人脈と人徳を信じるしかない。

◇

ホテルの車寄せに俺が到着したのは、十九時十五分くらいだった。高速も使ってしまったし、タクシー代五千円は痛い出費だけど、黒瀬さんより先に到着したのは間違いないだろう。十九時まで編集部にいた黒瀬さんは、たとえタクシーを使ったとしても、まだ着いていないはずだ。

黒瀬さんがサトウさんとどこで待ち合わせしているかわからないので、とりあえずメインエントランスに面したロビーで黒瀬さんを待つことにした。

光沢ある上等な生地で設《しつら》えられた一人用ソファに身を沈め、ペルシャ絨毯《じゅうたん》みたいな模様が描かれたふかふかの絨毯におそるおそる足を置いて、スマホに集中することもできずに、出入り口を監視することしばらく。

エントランスの自動ドアが開いて、見覚えのある人影が入ってきた。

「リュート！」

なんと、黒瀬さんより先に月愛が到着した。

月愛は俺にヒラヒラ手を振りながら歩いてきて、向かいの一人用ソファに腰を下ろした。

「あたしもタクシー使っちゃった！　うちからだと駅まで行くのも遠いし」

そして、辺りをキョロキョロする。ロビーには、チェックイン待ちの人たちや、商談をしているようなスーツ姿のおじさんたちがいるだけだ。

「海愛は？」

「まだ……」

「えっ、ウソ？　だって飯田橋《いいだばし》からこのホテルってめっちゃ近くない？　タクシーなら十二分って出たよ？」

「うーん、電車とバスとかで来てるのかも……」

月愛には、カモノハシ先生との電話が終わってから、メッセージで軽くやりとりして事情を説明していた。月愛は、黒瀬さんとサトウナオキのことは何も知らなかったようで、驚いていた。

「でも、そっか、海愛……」

月愛はふと、沈んだ顔でつぶやいた。

「ようやく好きになれる人ができたのにね……」

「うん……」

きっと姉として、黒瀬さんの新しい恋を応援したい気持ちがあったのだろう。月愛は複雑そうな顔をしていた。

そうして二人でしんみりしていたときだった。

「……あっ」

エントランスの方を見て、月愛が顎を跳ね上げた。

「海愛！」

立ち上がった彼女の視線の先を辿《たど》ると……エントランスで立ちすくむ黒瀬さんの姿があった。

「…………」

黒瀬さんは俺たちを見て、声も出ないほど驚いているようだった。

「……なんで？」

俺と月愛の顔を交互に見てから、ハッとしたように俺をにらむ。

「加島くん、月愛に言ったの？　……サトウさんのこと」

「聞いたよ、海愛。ダメだった？」

月愛が黒瀬さんの方へ歩み寄る。

「あたしたち、もうなんでも話せる仲になったじゃん。……あたしが聞いたら心配すると思った？　あたしが知ったら心配するようなことしてるって、自分でわかってたの？」

「…………」

月愛に両手を取られた黒瀬さんは、唇を噛《か》んで目を逸《そ》らしていた。

人の視線が気になった俺は、そんな二人に近づいて声をかけた。

「ここは静かすぎるから、ちょっと外で話そうよ」

◇

俺たちは、ホテルを出て庭に移動した。

そこは散策できるほど広大で、ホテルの庭園とは思えないような由緒《ゆいしょ》正しい日本庭園の佇《たたず》まいだった。修学旅行で訪れた京都の情趣を思い出す。

実際に散策している人たちもいたけど、俺たちは話し合いが目的なので、景色を観賞する余裕もなく、現れたベンチに三人で腰を下ろした。

さすがに辺りはもう夜の暗さになってきて、庭園の道にはあちこちに行燈《あんどん》のような雰囲気の優しい照明が灯《とも》っていた。細やかに葉を寄せ合う木々が、初夏の夜の肌寒い風に吹かれて、緩やかにそよいでいた。

「……海愛」

真ん中に座った月愛《るな》は、隣の黒瀬さんに身体《からだ》ごと向き合って、心配そうに顔をのぞき込んだ。

「サトウさんのこと、そんなに好きなの？」

「…………」

黒瀬《くろせ》さんは俯《うつむ》きがちで何も言わず、少しして小さく頷《うなず》いた。

「サトウさん、ここに泊まってるんでしょ？」

月愛の問いに、黒瀬さんはまた無言で頷く。

「レストランで食事して、そのあと『部屋で飲み直そう』って言われたらどうするの？」

黒瀬さんは答えない。

「……行くの？」

月愛が問いを重ねると、黒瀬さんは頷いた。

月愛は眉根を寄せる。

「海愛……。それがどういうことか、わかってる？」

「でも、部屋に行ったからって、何かあるわけじゃないでしょ？　本当に飲み直したいだけってこともあるんじゃない？」

黒瀬さんは、ここへ来て初めて口を開いた。

「そうだけど……」

月愛は口をつぐんでしまった。

なので、代わりに俺が口を開く。

「でも、もしサトウさんの部屋に入っていく写真を撮られたら、たとえ二人でお酒を飲んだだけだとしても、その写真は君とサトウさんの不倫の証拠になり得るよ。奥さんから慰謝料を請求されるかもしれない」

「……………」

黒瀬さんは再び黙ってしまった。そして、静かに言葉を吐き出した。

「……でも、真実はわたしたち二人だけが知っていればいい。お金なら、働き始めてから頑張って払うわ」

「海愛……」

月愛の表情がせつなく歪《ゆが》む。

なんとなくだけど、黒瀬さんの気持ちがわかってきた気がする。黒瀬さんはサトウさんのことが好きで、ただ一緒にいたいだけで、不貞行為に及ぶ覚悟を決めてここへ来たわけではないのかもしれない。

でも、サトウさんの思惑は、きっと違う。

「……黒瀬さんの気持ちはわかったけど、でも、サトウさんに誘われたら？　断って部屋を出られる？」

「サトウさんはそんな人じゃないって信じてる」

「そんな人だよ」

「加島くんに何がわかるの？」

多少イラついて返した俺の言葉に、黒瀬さんもムッとした表情で返答した。

「わかるよ、同じ男だから」

感情的な俺の言葉に、黒瀬さんと月愛が、やや息を呑《の》んだ様子で俺を見た。

「……黒瀬さん」

二人が黙っているので、俺は畳み掛ける。

「『人を信じる』っていうのは……思考停止して、ただ『信じてる』って宣言することじゃないと思うよ」

それは、ただ自分の理想を相手に押しつけているだけだ。こんな短期間で急接近したサトウさんと黒瀬さんが、心からの信頼関係なんて築けているはずがないのだし。

「…………」

黒瀬さんは何度目かの無言になる。

そのとき、月愛が口を開いた。

「『人を信じる』ってことは……『この人にだったら裏切られてもいい』って覚悟を決めることだと思う」

膝の上に置いた自分の手を見つめながら、月愛は静かに言った。

「あたし……リュートになら、裏切られてもいいと思ってる。リュートがあたしを裏切るなら、それは仕方ないことなんだって思える」

「…………」

月愛……と俺は彼女を見つめた。

月愛はそんな俺には一瞥《いちべつ》もくれずに、真摯な瞳で妹を見つめていた。

「今の海愛に、その覚悟はできてる？　サトウさんに裏切られても、後悔しない？」

黒瀬さんは俯いて答えない。

「『そんな人だと思わなかった』とか『行かなければよかった』とか……そういうこと一つも思わずに、全部自分のせいだって、現実を受け止められる？」

そこでようやく、黒瀬さんは顔を上げた。

「でも、好きなんだもん……！　好きだから信じたいし、あの人が望む通りにしてあげたい」

そんな黒瀬さんに、月愛はためらいがちに言った。

「……そういう考えは、リュートと付き合う前のあたしと一緒だよ」

「…………」

黒瀬さんと共に、俺も言葉を失った。

「ゲンミツに言ったら、あたしのは『彼氏だから信じたい』って気持ちだったけど……。まだどんな人かもよくわからない人の『好き』を信じて、自分のすべてを捧《ささ》げちゃったこと……後悔してる。今でも。ずっと」

半ば独り言みたいに、月愛は視線を落として言った。

「この後悔が消えることは……たぶん一生ない」

そして、顔を上げて黒瀬さんを見る。

「海愛には、そんな思いをしてほしくないんだ」

痛ましさを感じさせるような微笑を浮かべて、月愛は黒瀬さんに語りかけた。

「だって、海愛は自分を大切にできる子だったはずでしょ？」

釣られるように、黒瀬さんの顔が歪んだ。

「……月愛にはわからないわよ」

膝に置いた両手をぎゅっと握り締め、黒瀬さんは泣き出しそうな声を絞り出す。

「わたしの身体なんて……好きでもない人には求められても、好きな人に受け取ってもらえたことなんて一度もない」

「………」

俺は、黒瀬さんが痴漢に遭ったときのことを思い出した。

続いて、体育倉庫で黒瀬さんから誘惑されたことも。

「サトウさんが好きなの。だから、あの人が求めてくれるなら……たとえ身体だけだって
……今のわたしには、それが嬉《うれ》しい……」

その瞳から、ポロリと涙が零《こぼ》れ落《お》ちた。

「わたしを求めてくれる、初めての『好きな人』なんだから」

「海愛……」

月愛が悲痛な顔で黒瀬さんの手を取り、何か言おうと口を開きかけたときだった。

月愛のハンドバッグから振動音が聞こえてきて、月愛は中からスマホを取り出す。

ブブブブブ、ブブブブブ……。

「……も〜、また店長だ！　なんなの、こんなときに！」

月愛はプンスカしながらも、ベンチを立ってスマホを耳に当てた。

「お疲れさまですー！　……えっ⁉　マジですか……⁉」

月愛は話しながらベンチから離れ、俺たちから姿は見えるけど声はよく聞こえないくらいの場所に行って話し込んだ。

黒瀬さんと二人になった俺は、先ほど彼女が言ったことを考えていた。

――わたしの身体なんて……好きでもない人には求められても、好きな人に受け取ってもらえたことなんて一度もない。

あれはきっと、体育倉庫での俺とのことを言っている。

考えれば、黒瀬さんはつくづく男性と歪《いびつ》な経験を積んでいる。俺に対して、経験もないのに突然「抱いて」と迫ったり。痴漢に襲われて、男性恐怖症になってしまったり。

この際、痴漢のことは別にして。俺があのとき断ったことで、黒瀬さんが自分の性的価値を過小評価して、サトウさんのもとへ暴走しようとしているのだとしたら。

俺は彼女に、正直なことを伝えなければならないと思った。

「黒瀬さん。俺は……」

月愛が席を外してくれて助かったと思ってしまった。さすがにこれは彼女の前では話せない。

「黒瀬さんに、サトウさんみたいな人と初めてを経験してほしくて、あのとき我慢したわけじゃないよ。あの体育館倉庫で……」

黒瀬さんは、俺の目をじっと見つめながら聞いていた。それがわかっていながら、俺は夜風に揺れる庭園の木々の葉に視線を注いでいた。

「ほんとは、俺だって……」

一瞬目が合った黒瀬さんは、息が詰まるほど真剣な面持ちをしていた。瞳だけが、今にも泣き出しそうに揺れていた。

「………」

したかったよ。

言わなくても、黒瀬さんにはもう伝わったと思う。

黒瀬さんは、そっと目を伏せて、身じろぎもしなかった。

「加島《かしま》くん……」

黒瀬さんは超がつくほどの美少女で、俺の初恋の人で。

あんなふうに恥も外聞もなく誘われて、心も身体《からだ》も揺さぶられなかったわけがない。

「でも、俺には他に、心に決めた人がいて……君を幸せにできないから、手を出さなかった」

遠くで通話する月愛《るな》の姿を見ながら、俺は言った。

「それくらいの分別ができる男を望んでいたから、俺に『友達を紹介して』って言ってたんじゃないの？」

「………」

黒瀬さんは、俯《うつむ》いて黙っていた。彼女が今何を考えているのか、俺にはもうわからない。

この説得が成功するのかもわからない。

スマホをチェックしても、メールは何も来ていなかった。

「……実は俺、黒瀬《くろせ》さんがそんなにサトウさんのところに行きたいなら、もう好きにしろって気持ちになってたんだけど」

正直に言った俺を、黒瀬さんがちらりと目を上げて見た。

「それでも、俺が月愛を呼んでここへ来たのは、久慈林《くじばやし》くんに言われたからなんだ」

そこで、黒瀬さんは顔を上げた。

「……森鴎外《もりおうがい》の人？」

「そうそう」

俺はちょっと笑った。

夜の庭園に流れていた場違いに張り詰めた空気が、少し和らぐのを感じた。

「『黒瀬さんは、自分のつまらない話を最後まで聴いてくれた心の優しい女の子だから、悪い男に誘われても断れないかもしれない。彼女を止めてあげてほしい』って」

「…………」

黒瀬さんは少し視線を落として、軽く唇を結んだ。

「久慈林くんはいい人だよ。彼氏とか、恋愛対象としては見られないかもしれないけど……黒瀬さんには、久慈林くんみたいな人と友達になってみてほしい。黒瀬さんは前に『男の人が怖い』って言ってたけど、そういうオスっぽさとは無縁の人だから」

ホテルの方を見ると、客室にはまばらに灯《あか》りが灯《とも》っていた。あのどこかにサトウさんがいて、黒瀬さんが来るのを鼻の下を伸ばしながら待っているのかもしれない。

「少なくとも、君が今からしようとしていることは、『男が怖い』って言う女性の取る行動じゃないよ。どうか冷静になって考えてほしい」

既婚男性の遊びの恋愛に巻き込まれて傷つく独身女性……なんて、今さらSNSでバズることもないくらいありふれすぎた出来事だ。

月愛の大事な妹に、そんな陳腐な物語の登場人物にはなってほしくない。

「俺は『お兄ちゃん』なんだろ？」

黒瀬さんが、ハッとしたような顔で俺を見た。

「未来の義妹《いもうと》が苦しむのがわかってるのに……俺は黒瀬さんをサトウさんのもとへは行かせたくない」

黒瀬さんの両目が水面のようにたゆたって、まばたきと共に水滴が零れ落ちた。

そのとき、スマホが震えて俺は画面をチェックした。

カモノハシ先生からのメールだ。

「……！」

急いでロックを解除して、メールを開く。

From. カモノハシ先生
喜べ、すごいの来たぞ（笑）。

カモノハシ先生からの文面はそれだけだった。添付された画像を開くと、それはＬＩＮＥのトーク画面のスクリーンショットのようだ。

最初に目に飛び込んできたのは、サトウさんと女性の仲睦《むつ》まじげなツーショット写真だ。女性はまだ二十代半ばくらいに見える綺麗《きれい》な人で、ショートヘアと細い首が際立《きわだ》つラフなタンクトップ姿だった。思わず目が吸い寄せられるくらい豊満なバストはくっきりとした谷間を形成していて、サトウさんはその重そうな胸部を支えるように手を添えて、自分の方に抱き寄せている。画角から見て、おそらくサトウさんの自撮りだろう。

その画像の下に、テキストのやりとりが連なっていた。日付は、五月のＧＷ中くらいだった。ごく最近だ。

トークルームのタイトルは「サトウナオキ」となっている。トークの始まりはサトウさんからになっていて、受け手とのやりとりが連なっていた。おそらく、カモノハシ先生が言っていた仲のいい漫画家の誰かだろう。

きょにゅうのよめサイコーっすわ

あざす。今夜はこれでいいや

やめろ人の嫁で抜くなw

2人目待ったなしっすか?

それは連載もう一本増えてからだなー

家買っちゃったとこだし

頑張ってください、パパ
俺も彼女ほすぃ

お、じゃあまた合コンやりますかー
いや、でも真面目な話
嫁が私立行かせたいって言うしさ
ぶっちゃけ大変なのよ

結婚すると遊べなそうですしな

そっちはまあ上手《うま》くやってるけど笑
あーまたアニメ化しねーかなー
もっとブヒれよな萌《も》え豚ども~俺のヒロインかわいいだろーが

「………」

これはすごい。本当に、期待以上のものが来てしまった。

百年の恋も、漫画家としての尊敬の念も打ち砕かれるスクショだ。

黒瀬さんがこれを見てもサトウに恋していられるほど盲目になっているなら、もうどうしようもないと思える。

「黒瀬さん」

少し酷かもしれないが、俺は黒瀬さんに自分のスマホに表示したスクショを見せた。

「これ見て」

「えっ？　なにこれ……」

戸惑いながら画面をのぞき込んだ黒瀬さんだったが、それが何であるかはすぐに理解したようだった。サトウさんとLINEでやりとりしている黒瀬さんなら、その風景写真のようなアイコンにも身に覚えがあるだろう。

「……これがサトウさんだよ」

「…………」

黒瀬さんの瞳がスマホ画面に貼りついたように固定され、唇が細かく震えた。

サトウさんが黒瀬さんに奥さんのことをどう話していたかは知る由《よし》もないが、これを見る限り、夫婦仲は円満としか思えない。

「大丈夫？　黒瀬さん……」

自分で見せておいてなんだけど、彼女があまりにもショックを受けている様子なので、心配になって声をかけた。

「ごめん！　お待たせ！　店長がまたイベント忘れててトラブったけど、なんとかなりそうでよかったぁ〜！」

そのとき、俺たちのベンチへ月愛が帰ってきた。電話のテンションのままだったので、俺たちとの温度差に気づき、ちょっと気まずそうな顔になる。

「……で、どうなった？」

俺と黒瀬さんの顔を交互に見て、微妙な笑顔を見せる。

そんな月愛を見て、黒瀬さんが笑った。何か吹っ切れたような笑顔だった。

「ねぇ、これから三人でご飯食べに行かない？　このあとの予定なくなっちゃったから」

「えっ？　それって……」

戸惑う月愛に、黒瀬さんは微笑を浮かべたまま告げる。

「サトウさんとはもう会わない。ＬＩＮＥもブロックするね」

言いながら、黒瀬さんは自分のスマホを取り出して、俺たちが見ている前でサトウナオキをブロックして、トークルームを削除した。

◇

その後、俺たちはバスで目白駅まで行って、駅の近くのビルに入っていたレストランで食事をした。オーガニック系のメニューが中心のオシャレなレストランだけど、さっきまでいたホテルよりは相当カジュアルでリーズナブルだ。

「飲みましょ、ビール、ビール！　やってらんないわ！」

白い木目調の壁に囲まれた、明るい雰囲気の店内で、四人用のテーブル席に着いた黒瀬さんは早速そんなことを言い出した。

「ま、海愛、ほどほどにね……」

黒瀬《くろせ》さんの酒癖を知っている月愛《るな》が、慌てたように声をかける。

背もたれまで木でできた椅子に黒瀬さんと月愛が隣り合って着席して、俺は月愛の向かいに座った。

「とりあえず、ビールとフライドチキンね。月愛たちも何か適当に頼んで」

メニューを一瞥《いちべつ》して言った黒瀬さんは、まだ素面《しらふ》なのに目が据わっていた。

「なんなの、サトウナオキ。マジありえないんだけど！」

飲み始めてから一時間後、予想通りすっかり出来上がってしまった黒瀬さんが、ビールグラスを片手にクダを巻き始めた。

「わたしに言ってたことと全然違うし！　バリバリ抱いてんじゃん、奥さんのこと！　何が『もう女として見れない』よ！　『別れるかもしれない』まで言ってたのに！」

「えっ、なにそれサイテー！　そんなこと言って、海愛のこと騙《だま》してたんだ!?」

黒瀬さんに同調して、月愛のボルテージも上がる。

「ろくな男じゃないじゃん！　そーゆー男は社会から抹殺されてほしい！」

「マジでそれ！　切り落とされてほしい！」

「ね！　何がとは言わないけど！」

「ナニをとはね！　言わないけど！」

「ちょ、ちょっと、二人とも落ち着いて……！」

店のオシャレで上品な雰囲気にそぐわない話題なので、俺は周りのテーブルを気にしながら小声で窘《たしな》める。だが、店内には四人前後で女子会をしているグループが多く、意外と話し声でうるさいので助かった。

「まぁ、抱いてても抱いてなくても、結婚してるってことは事実なんだから……」

俺の言葉に、黒瀬さんがしゅんとなる。

「……そうよね。……それは、よく考えなくても……そうなのよね……」

さっきまでの威勢の良さを忘れて、黒瀬さんは大きなため息をついた。

「はぁ……。どっかに独身のいい人いないかなぁ……」

そんな妹に、月愛は労《いたわ》りの視線を向ける。

「どんな人がいいの？　海愛は」

「……サトウさんみたいな人」

片手で頬杖《ほおづえ》をついて、黒瀬さんは拗《す》ねるように唇を尖《とが》らせて答えた。

「え？　ちょ、それは独身でもやめといた方がいいよ！」

「そうだよ、浮気《うわき》されるよ?」

月愛と俺に言われても、黒瀬さんは駄々っ子みたいに聞かん気の強い顔をしている。

「でも、今言われてもそれしか思いつかないし……」

月愛は、そんな妹を痛まし気に見てグラスに口をつける。黒瀬さんが悪酔いしたときのことを考えているのか、月愛が飲んでいるのはノンアルのレモネードだった。

「……海愛、リュート以外に男友達っている?」

ふと、月愛がそんなことを尋ねた。

黒瀬さんは緩く首を横に振る。

「……いない」

「じゃあ、友達から始めようよ。海愛の場合、恋愛より先に、男の人に免疫つけた方がいいって」

そんな月愛をちらと見て、黒瀬さんは再び軽く嘆息した。

「同じこと言うのね。この仲良しカップルは……」

「え?」

月愛が驚いた顔で俺を見る。電話でベンチを離れていた際の会話を知らないからだろう。

そんな月愛を置いてけぼりにして、黒瀬さんは俺を見た。

「森鷗外《もりおうがい》の人……久慈林《くじばやし》さんだっけ？」

「うん」

「よかったら、今度ご飯にでも誘ってくれない？　月愛と加島《かしま》くんと……四人で話したいな」

決して投げやりな様子ではなく、そう言う黒瀬さんの顔には前向きな微笑が浮かんでいた。

「うん……わかった」

「あっ、それめっちゃいいじゃん！　あたしも『拙者』の人、会ってみたい！」

「『小生』ね」

笑いながら月愛に言って、俺は黒瀬さんを見る。

黒瀬さんは俺と月愛とを交互に見て、穏やかな微笑《ほほえ》みを湛《たた》えていた。

「……なんか」

ビールで頬をほんのり上気させ、黒瀬さんはなつかしそうに目を細める。

「こうして三人で話してると、プログラム係のときのことを思い出すわね」

「あ……確かに」

月愛がハッとしたように声を上げる。

「こんなふうに三人でちゃんと話すのって、あれ以来かもね」

高二の文化祭で、三人でプログラム係になったときのことを思い出した。あの頃の月愛はまだ黒瀬さんとぎくしゃくしていて、二人の距離を縮めるために同じ文化祭実行委員の係になったけれども。

逆に、俺と黒瀬さんが、趣味や予備校などの共通点で急接近してしまって、月愛と俺の仲が危うくなってしまった。

俺はそれで黒瀬さんと友達をやめ、月愛を交えてでも、黒瀬さんとは卒業まで一クラスメイトとしての関係しか持つことはなかった。

「……あのときは、まー、ちょっとビミョーだったけど」

月愛が複雑そうに笑うと、黒瀬さんも苦笑する。

「何気に、高三のときの文化祭が楽しかったわよね」

「あー、そーだね！」

月愛が明るい顔になって手を叩《たた》く。

それで、俺も高三の秋のことを思い出した。

♣

高三の文化祭は、完全にお客様だった。俺がいたクラスは文系の進学コースだったので、クラスでの出し物もなく、出席日数にも入らないので、二日間の開催日のどちらにも顔を出さない生徒もいた。

一方、山名さん、谷北さんのいるE組は、就職・専門学校進学クラスで、受験勉強は必要ないので、三年のクラスの中で唯一クラス出し物に参加していた。

ちなみに月愛はというと、進路希望調査表を出した時点で進路が定まっていなかったこともあって、俺たちの誰とも同じではない、文系進学組その二に振り分けられていた。文系進学クラスは二組あって、俺とニッシーと黒瀬さんは同じクラスだったけど、月愛はもう一つの、ちょっと成績が悪い方の……というか、うん、そんな感じのクラスだった。

E組のクラスの出し物は「コンセプトカフェ」……メイド喫茶を始めとした、いわゆる「コンカフェ」をテーマにした喫茶店をやることになった。

そのコンセプトは、なんと「バニーガール」。谷北さんが中心となって女子の衣装を用意して、男子の衣装や教室内の装飾は「ルイーダの酒場」っぽい感じで統一されて、なかなか見応えがあった。

というか、俺的に一番の事件だったことは……。

「リュート～！　どお??」

なぜか、月愛がバニーガールになっていたことだ。実は、受験生以外の三年生は、特別にE組の出し物に参加していいルールがあったらしい。

「る、月愛……!?」

文化祭初日、月愛に「E組のカフェで待ち合わせね♡」とだけ言われていた俺は、教室の入り口で出迎えてくれた彼女の姿に目を丸くした。

月愛は完璧なバニーガールだった。ウサギの耳と尻尾をつけ、首には襟と蝶《ちょう》ネクタイ、手首にカフス、タイトなバニースーツ、と正統派な装《よそお》い。M字に開いた胸元から溢《こぼ》れんばかりのバストがのぞいていて、ハイレグのスーツから薄い黒のストッキングに包まれた長い脚が伸びていた。

あとで聞いたところ、網タイツはさすがに「性的すぎる」と教師から却下されたらしいが、これでも男子高生には充分刺激的な装いだった。

「お、来たんだ、カシマリュート」

「はーい、一名様ご案内ねっ！」

山名さんと谷北さんもバニー姿で中から顔を見せたけど、俺は月愛のバニーコスの衝撃でそれどころではなかった。

教室に入って席に着くと、月愛がメニュー表を持ってきてくれた。

「じゃあ、コーラで……」

目のやり場に困って適当に注文しようとすると、月愛がこちらに身をかがめて、俺の耳元に口を寄せた。

「ねぇ、リュート」

「……⁉」

豊かな谷間が近づいてきて、激しく動揺した。制服のときより、下手したら水着の時よりも谷間が見えるから、「あ、こんなところにホクロあったんだ」などと気づいてドキドキが止まらなかった。

「裏メニューに『ぱふぱふ』ってゆーのがあるらしいんだけど……」

ゆっくりと意味ありげに言って、月愛は身を起こして、俺に向かって小首を傾《かし》げた。

「……いる？」

「えぇっ⁉」

ぱ、ぱふぱふだと⁉

「う、うん……⁉」

なんだそれはッ⁉　高校生の文化祭でそんなことがあっていいのか⁉　っていうか、俺以外の客にもそれを注文されたらどうするんだ……⁉　などと混乱していると、月愛《るな》がおかしそうに「アハハ」と笑った。

「じゃ、今『ぱふぱふ』の準備してくるねっ！」

艶《あで》やかな微笑を湛えてバックヤードのついたての中へ消えていく彼女を、俺は生唾を飲み込みながら見送った。

そして、数分後。

俺は、目の前に置かれたコーラと、ミニサイズのいちごパフェ二つを見て、意気消沈していた。

「……あのう……」

向かいには月愛が座って、俺の反応を楽しむかのようにニコニコしている。

「……これは『パフェパフェ』では……？」

「ふふっ、そだよ？」

月愛はおかしそうにクスッと笑った。

「これ頼んでもらえると、あたしも席に着けるの」

なるほど……。それはそれで、嬉《うれ》しいんだけど。

「どんなのだと思った？　リュートのエッチ♡」

ぐうの音も出ない。

そうです、俺はスケベ男です……。

そう思って首《こう》を垂《べ》れていると、月愛が「ふふっ」と笑った。顔を上げると、月愛は目を細めて微笑み、俺を見つめていた。

「……ほんとのは、また今度ね」

「えっ？」

今なんて言った？

ほんとの？　ほんとのぱふぱふ？　そもそも「ぱふぱふ」ってなんですか？　俺が考えているのと同じでいいんですか？

「ほら、パフェ食べよ」

ドギマギしまくる俺の前で、月愛がプラスチックのスプーンを手に取った。

「あーん♡」

月愛のぱふぱふ……いや、パフェを一口押し込まれて、俺は口の中で溶けるストロベリーアイスよりも。

胸の中に広がる甘酸《あまず》っぱい気持ちに、心がとろけるような思いでいた。


そんな文化祭と前後して、運動会が行われた。

三年生になっても、月愛は徒競走にリレーにと大活躍だった。

ただ一つ、二年のときと決定的に違っていたことは。

「頑張れー、月愛ー！　海愛ー！」

観客席から、月愛のお母さんが手を振った。

列で自分の順番を待つ月愛と黒瀬《くろせ》さんが、顔を見合わせて微笑んだ。

「ありがと、おかーさーん！」

「頑張るねー！」

二人で手を取って、空いている方の手をひらひらとお母さんに向けて振った。

そして、もう一度、二人で見つめ合って楽しげに笑った。

俺が見たかったのは、二人のこういう姿だ。

そんな感慨で、クラスの席に座っていた俺は、一人胸が熱くなった。

♣

あれから三年。

月愛と黒瀬さんは、あのときと同じように、手を繋《つな》いで夜の道を歩いている。

目白駅へ向かうメイン通りの歩道を。

帰宅ラッシュを過ぎた平日の二十一時台だから、駅前を行き交う人々はそれほど多くない。

「海愛は可愛《かわい》いんだから、大丈夫だよ」

繋いだ手をわざと大きく振って歩いて、月愛は妹を元気づけるように言った。

「海愛のこと好きにならない男なんていないから。リュートだって、あたしがいなかったら、海愛と付き合ってたと思うし」

「………………」

そんなことない、なんて言い切れないし。

言う必要もない。そんな雰囲気だった。

俺と月愛はもう、そういうことを気にするステージの関係ではない。

そう感じていた。

「だから、次は大丈夫。次に好きになった人と、海愛はきっと結ばれるよ」

「…………」

たぶん、それは黒瀬さんにも伝わっていて。

彼女は、少しだけさびしそうに笑った。

「ありがと。……今日、月愛が来てくれてよかった」

そう言ってから、黒瀬さんは月愛越しに俺を見る。

「加島《かしま》くんもありがとう」

そうして、前を向いて。

「わたし、頑張るよ」

見上げた空は、白く霞《かす》みがかったように曇っていて、少し丸みを帯びた上弦の月の光を全天に広げていた。

なんだかちょっと神聖さを感じるくらい、清浄な月明かりだ。

「頑張って、まっとうに生きる」

天を仰いでつぶやいた黒瀬さんの頰を、一筋の涙が伝っていった。

「……そうだね」

「頑張れ、海愛」

言いながら、月愛が空いている方の手で俺の手を取った。

月愛を真ん中に、俺たちは三人で手を繋いで目白駅のロータリーを歩いた。


頑張れ、黒瀬さん。

君はとても偉かった。

君がした決断は、きっと、同じ立場に置かれた女の子の誰にでもできることじゃない。

君は気高い女の子だ。

そんな君には、誰よりも幸せになってほしい。

そんな俺からのエールも、月愛を通して、黒瀬さんの心に届くように。

俺はぎゅっと、月愛の手を握った。

第三章

六月になって、今年も月愛の誕生日がやってくる。

「やった――！　いちご狩り――！」

畦道《あぜみち》に囲まれて並んだ温室の群れを見て、月愛は歓声を上げた。

六月下旬の日曜日。薄曇りだけれど雨は降らない予報の日の、午前十一時。

東武伊勢崎線《とうぶいせさきせん》にある最寄駅《もよりえき》からタクシーに乗って、俺たちは越谷市《こしがやし》へいちご狩りにやってきた。

「今年のいちご狩り、もう今日で終了だって」

「え、危なっ！　ギリギリじゃん」

「ね。間に合ってよかったよ。今年はまだいちごがあったから受け付けてもらえたけど、例年だったらもう終わってる時季だって」

きっかけは、以前のレイクタウン子連れデートのときの会話だ。

――今度、いちご狩りとか行ってみたいなぁ。何気に行ったことないの。

あの日以来の、久々の休日デート。今年の月愛の誕生日は平日なので、前倒しで誕生日デートをすることになったとき、俺はあの言葉を思い出して、いちご狩りを予約したのだった。いちご狩りのメインシーズンは春で、五月くらいで終わる農家が多い中、まだやっているところを探すだけでもなかなか大変だった。

ようやく見つけたここも、電話で「もうだいぶいちご少ないけどいいですか？」と訊《き》かれたくらいだ。シーズン終わりのせいか、開始時間直前になっても、俺たちの他にお客さんの姿は見当たらない。

ビニールハウスの横にある小さなテントのような受付でお金を払ったら、小さな白いプラスチックの入れ物をもらった。丸い溝と四角の溝がついた、知育菓子の製作容器みたいなやつだ。

「ヘタ入れね。こっちは練乳入れ」

受付の男性に、そう説明された。レジを見ると、練乳のチューブが販売されている。

「最近のいちごは甘いから、使わないお客さんがほとんどですよー。買われるのは年配の方ですね」

商売っ気がない、誠実な農家さんだなと思った。

ビニールハウスに案内してくれたのも、その人だった。痩せ型の中年男性で、まだ六月なのに日焼けした肌が農家の人らしかった。

「時間は、ほんとは三十分なんだけど、もう今日で終わりだから好きなだけ食べてっていいですよ。今日お客さんたちだけだから。さすがに一時間もいたら満腹だと思うけど」

「えー、ほんとですか！　やったー！」

思わぬ親切に、月愛《るな》が無邪気に喜ぶ。やっぱり、俺たち以外の客はいなかったようだ。

「いっぱい食べるぞー！」

「いろいろ回って、いいの探してね」

農家さんの言葉に頭を下げながら、俺たちは二人きりのいちご狩りに出発した。

「うわ、暑っ！」

ハウス内に入ると、むしっとした暑さが服の内側にまで一気に押し寄せてきた。梅雨真っ盛りで、雨が降らない日は三十度に届く日もある蒸し暑い日々が続く中、この暑さは堪《こた》える。一時間どころか、三十分もいられないかもしれない。

「やっぱ、いちごあんまないね……」

「そうだね……」

ハウス内には一見して緑が多くて、いちごがあると思っても、小さくてあまり美味《おい》しそうではなかった。

「あっ、あった！」

そんな中で、月愛が声を上げた。

ハウスの中は、いちごの品種ごとに何列もの畝が整然と並んでいる。一列の畝は、上下に二段あって、上の段は大人の目線ほどの高さにあって、下の段は膝の下くらいの位置にある。

月愛は地面にしゃがんで、下の段になっていたいちごに手を伸ばしていた。

「見て見て！」

「おお！」

それは全体が赤くて大ぶりで、売り物のようないちごだ。

「すごいじゃん」

「この辺、けっこういい感じかも」

確かに、その近くには、大きめで赤いいちごがいくつか見られる。

その中でも、一番立派なそのいちごを摘み取った月愛は、にっこり笑顔で俺を見た。

「はい、あーん♡」

「えっ、俺にくれるの？」

「うん。リュートもいちご好きでしょ？　デザートとか食べるとき、いつもいちごが載ってるやつ選ぶじゃん？」

「あっ……うん」

さすが月愛だ。俺のことは、もう何もかも熟知してくれているみたいだ。

「でも、月愛もいちご好きなのに、いいの？」

「いいよ、美味しそうだからリュートにあげる♡」

いちご狩りに来てるのに、一つのいちごで何を押し問答してるんだって感じだけど、そんなやりとりの末に、俺は身をかがめて、しゃがんでいる月愛からいちごを食べさせてもらった。

「美味し？」

「うん……」

「あたしも食べよっ」

その辺りにある中で二番目に大きくて赤いいちごを取って、月愛は自分の口に運んだ。

「うん、美味しっ♡」

いちごを頬張って、月愛は満足げに微笑《ほほえ》んだ。

「……あたしね」

ふとしゃがんだまま微笑んで、月愛は立っている俺を見上げる。

「いつもリュートに、一番素敵なものをあげたくなる。あたしは二番目でもいいんだ。リュートに喜んでもらえることが、あたしの一番の喜びだから」

「月愛……」

胸を熱くする俺に対して、月愛は視線を落として微笑む。

「あたしをこんな気持ちにさせてくれる人は、リュートが初めてで……きっと最後」

そして、目を上げて俺を見つめた。

「だから、長生きしてね」

「……えっ」

まさか寿命の話になると思っていなかったので、俺は面食らって笑った。

「なんの話？」

「だって、リュートが先に死んじゃったら、残りの人生あたしがさびしいじゃん」

「それを言うなら……」

頬を膨らませる月愛に、俺は言い返す。

「……月愛だって、長生きしなきゃダメだよ？」

普段あまりこういうことを言うキャラではないので恥ずかしい。

そんな俺を見て、月愛は嬉《うれ》しそうに笑った。

「ふふっ、そだね」

そう言って、ひょいっと立ち上がる。

「じゃあ、いちごいっぱい食べて健康になろーっと！　ビタミン、ビタミン♡」

そうして、俺たちは畝の間を移動して、食べ頃のいちごを探し回った。

温室の中には、畝の上から品種が書かれたプレートが下がっていた。

「あっ、こっちは『かおり野』だって」

月愛が、新たに踏み入れた畝のプレートを確認して言った。

「さっきの『とちおとめ』とは、どう違うのかな？」

そこで、俺は途端にしたり顔になった。

「『かおり野』は『とちおとめ』の子どもなんだよ」

久しぶりの一日デート、しかも誕生日を祝う日ということで、俺は今日のために気合を入れて、何日もかけていちごについて下調べしてきた。その知識を披露するときだ。

「正確に言うと、かおり野という品種は、女峰やアイベリー、とよのか、宝交早生《ほうこうわせ》、章姫《あきひめ》、あかしゃのみつこ、とちおとめ、サンチーゴを親にして生まれたんだ。果肉は硬めだけど果汁は多くてジューシーな食感で、さっぱりとした甘さで酸味は控えめなのが特徴、そしてなんといっても名前の通り『香り』がいいんだよ。これは『リナロール』っていう香気成分が豊富に含まれているおかげで、これによって甘みとの相乗効果で、よりいちごらしい爽やかな果肉の風味を味わうことができるんだ。あ、今『果肉』って言ったけど、そもそもいちごは厳密に言えば果実じゃなくて、俺たちが食べてるのは『偽果』と呼ばれる部分で、本当の実は、いちごの表面についてるつぶつぶの部分なんだ。じゃあ俺たちが食べてるところはなんなのかっていうと、いちごの花の中にあるめしべの土台が、受粉したあとで種子を包み込むように大きくなったもので……あっ！」

月愛がぽかん顔をしているのに気づいて、我に返って言葉を止めた。

「ご、ごめん……。月愛に訊かれたら教えてあげようと思って勉強してきたから、つい喋《しゃべ》り過ぎちゃって……」

小出しにすればいいものを、頑張って覚えてきたので、一度スイッチが入ったら止まらなくなってしまった。

「あははっ」

月愛はおかしそうに笑った。

「なんか、タピオカデートのとき思い出した。あれも誕生日デートだったもんね」

「確かに……」

そういえばそうだった。今思い出すとなつかしい。そして、四年経《た》っても同じことをしている自分が、少し恥ずかしい。

「……ねぇ、リュート？」

ふと、しっとりとした声で話しかけられ、俺は意表をつかれて月愛を見る。

月愛は頬を染めて微笑を浮かべ、俺を見つめていた。

「あたしたち、あと何回誕生日デートできるかな？」

「……えっ？」

そんなこと、考えたこともなかった。

「俺が男の平均寿命の八十歳くらいまで生きるとして……あと六十回くらい？」

計算しながら答えると、何がおかしいのか月愛は笑った。

「ふふっ」

そして、両手を後ろで組んで、ビニールハウスの天井を見上げる。

「たった六十回なのかぁ……じんせーって儚《はかな》いね」

「そ、そうかな？」

あと六十年なんて、今の俺にはイメージできないくらい広大な時間に思えるけど。

「……リュートぉ」

「ん？」

甘えるような月愛の声に、俺は彼女の顔を見る。

月愛は、少しせつなげに目を細めていた。

「あたしたち、二人で百まで生きよ？」

「えっ？」

「そしたら、あと二十回増えるから」

月愛の顔は、真面目な表情のままだ。

「そんで、来世でも一緒になろーね？」

「らっ……来世⁉」

突拍子もないことを言われて、一瞬驚いてしまったけど。

ずっと一緒にいたいって気持ちは、俺も一緒だ。

「……う、うん……もちろん」

「絶対ね？　約束だよ？」

そう言って、月愛は小指をこちらに向けてくる。

指きりしたいのだろうと察して、俺も小指を差し向ける。

「うん……」

もはや何の約束なのかわからないけど。

百まで生きることも、来世でも結ばれることも、俺の意思の埒外《らちがい》のことで。

実際どうなるかなんて、俺にも月愛《るな》にも、誰にもわからない。

それでも。

この身に余るくらい、月愛のことを想《おも》っている。

一度限りの人生では飽き足りないくらい、いつまでも傍《そば》にいたい。

その気持ちは、誰に誓ってもかまわない。

「……そうだ。いちごの花言葉って知ってる？」

いちごについて調べている中で得た豆知識を思い出して、俺は言った。

「ううん。なに？」

月愛は小指をスタンバイしたまま、興味深そうに俺を見る。

「……『幸福な家庭』と『尊重と愛情』だって」

「そうなんだぁ……」

月愛はそっと微笑んだ。

「いい花言葉だね」

「うん……」

それは、俺が月愛と築きたいと願っているもの、抱いている気持ちと同じだ。

そこまで口に出すことができない俺は、いつまでも不器用な男だ。

それでも、月愛はそんな俺と、来世でも一緒にいてくれるというのだから。

蒸し暑い温室で、片手には、練乳入れまでヘタがいっぱい溜《た》まったカップを持って。

俺と月愛は、いちごたちに見守られながら、ひそやかな指切りをした。

◇

「さすがにお腹《なか》いっぱいだぁ～」

いちご狩りが終わった帰り道、月愛が天を仰いで声を上げた。

「最初はいちごなんていくらでも食べれるくない？　って思ってたけど、全然もうムリ～、なんも入んない」

「まあ、果物ってほとんど水だから、すぐお腹空くと思うけどね」

行きは駅からタクシーを使ってしまったが、帰りは時間があるのでだらだら歩いている。

薄曇りで日差しも強くない中、川沿いのなだらかな土手の道を真昼に歩くのは、なかなか気持ちがよかった。荒川ほど大きな川ではないので、土手も低くて原っぱみたいな感じだ。

「でも、まだまだお昼は食べれないなぁ～」

「そうだね。どうしようか……」

俺たちは、いちご狩りのあと、どこかで軽くランチして、ショッピングか何かをして時間を潰してから、新宿で夕飯を食べる予定だった。

「………」

明日、月愛は朝から仕事だ。俺も大学がある。

俺は以前、久慈林《くじばやし》くんに話した言い訳を思い出した。

──それで、いざ俺が大学に合格したら、今度は月愛の方が、双子の妹も生まれて、社会人にもなって、めちゃくちゃ忙しくなっちゃって、たまに会ってても家族や職場に呼び出されて帰ったりして、改めてそういうムードになる機会がないまま……今に至ります。

それは本当だけど、本当の理由はそれだけじゃない。

だって、今から夕飯のレストランの予約時間まで、俺たちの予定はあってないようなものだ。先に新宿に移動して、歌舞伎町辺りにあると聞くラブホ群に足を運び、夕飯の時間まで「休憩」することだって可能だろう。

二人にその意思があるなら、それは今までだって、たった二、三時間あれば、いつでもできたことだ。

――つまりは『永すぎた春』であるか。

結局、そうなってしまう。

交際初期のがむしゃらな勢いはとっくに逃してしまったし、今まで何年もしていなかったことだから、今さらどんなタイミングで、何をどうして、その展開に持っていけばいいのかわからない。

月愛のお父さんの了承をもらわなくても、俺たちは二人とも淫行条例に引っかからない年齢になったし、俺は大学一年の頃にＨＰＶワクチンを接種した。ちなみにだけど、うちの母親はその後、異形成の段階での手術に成功して、今も元気に暮らしている。

今の俺たちを阻《はば》むものは、何もない。

でも、この二年間、月愛も、俺に関係の進展を急《せ》かしてくるようなことはなかった。

だからこそ、彼女から夏の沖縄旅行を提案してくれたことは嬉《うれ》しかった。

今ここで焦《あせ》ることはない。

沖縄で、俺は月愛と結ばれる。

「……沖縄、楽しみだなぁ〜」

そのタイミングで、月愛がつぶやいた。

「だね」

もしかしたら、彼女も俺と同じことを考えていたのかもしれない。

「沖縄行く前、ニコルにめっちゃネイル盛ってもらおー♡　リゾート感満載のやーつ！　また水着とオソロにしよーかな〜！」

月愛は、山名さんがプロになってから、彼女が勤めるA駅のサロンに毎月通って、ネイルをしてもらっているという。

「あ、そうだ。ニコルのサロンで最近メンズネイルも始めたんだけど、ネットに載せる見本写真が足りないから、よかったらリュートにも来てほしいって！　爪のビフォアフ写真撮らせてくれるなら、モニター価格で初回半額にするって言ってたよ！」

「ええっ、ネ、ネイル？　俺が？」

月愛の長く伸ばされて尖《とが》ったラメ入りネイルを見て、そんなふうにされてしまうのは無理だ……と思っていると、月愛はクスクス笑った。

「ケアだけでいーって。甘皮取ったり、やすりで爪の表面つるつるにするだけで、男子の指先も清潔感爆上がりだよ！」

「ケア……？　甘皮……？」

なんだかよくわからないけど、俺がギラギラネイルにされることはないらしい。

「わかった……考えとく」

「うん！　じゃあニコルに言っとくね！　あー、沖縄ネイルどうしよっかなー♡」

月愛が、再びワクワク顔で沖縄に想いを馳《は》せ始める。

「あっ、そうだ！　今日沖縄のガイドブック持ってきたの！　あとで見よ♡」

「えっ、ほんと？　俺も持ってきたよ」

月愛が言うので、俺は自分の持っていたメッセンジャーバッグからガイドブックを出して見せた。

すると、月愛が「えっ」と声を上げる。

「あたしと一緒のじゃん！　めっちゃウケる！」

月愛も、自分のショルダーバッグから同じ表紙のガイドブックを取り出した。

「ほら！」

「ほんとだ」

「え〜ウケる！　ガイドブックなんか死ぬほどいっぱい売ってるのにー！」

「鞄《かばん》に入るサイズで情報量が多いの探したら、これだったんだよ」

「あたしもそんな感じ！」

思わぬ偶然にテンションが上がって、月愛と俺は歩きながら顔を見合わせて笑った。

「一人一冊って！」

「教科書みたいだね」

「それなー！」

月愛が笑って、俺の腕に両腕を巻きつけてくる。

「あたしたち、通じ合っちゃってるね♡」

「そ、そうだね」

恥ずかしくて、ちょっと言《い》い淀《よど》む俺に、月愛も頬を染めながら微笑《ほほえ》みかけてくる。

「じゃあ、どっかカフェでも入って、予定立てよっか」

「……うん」

そうして、俺たちは電車に乗って新宿に向かって。

入ったカフェで、お揃《そろ》いのガイドブックを見ながら、夕方まで沖縄旅行について雑談まじりに話し合った。

◇

「うわーっ、いい眺め！」

夕飯に予約したレストランに入ると、月愛が窓の方を見て声を上げた。

新宿西口から十分ほど歩いたところにある高層ビルの二十数階にある店内は、十九時のまだ明るい都心の景色を壁一面の窓ガラスに映し出していた。

「なにここ⁉　リュート、どこで知ったの⁉　来たことある⁉」

通された窓際《まどぎわ》のテーブル席に着くと、月愛が興奮したように俺に訊《き》いた。

「いや、ネットで……」

実を言えば、黒瀬《くろせ》さんがサトウさんに連れていってもらったお店の話があれからずっと頭の隅にあって、柄じゃないけど「夜景が見えるレストラン」を検索してみた。

ここは階数は高いけど、値段はそれほどでもない。しかも和食で、店内の灯《あか》りもぼんぼりっぽかったり、入り口で靴を脱いで上がる掘り炬燵《ごたつ》テーブル形式だったりして和のテイストでまとめられているおかげで、そんなに気取った感じを受けない。俺でも、なんとかギリギリ予約する勇気が湧く店だった。

「どしたの？　あたし、プロポーズでもされる？」

月愛《るな》が笑って冷やかしてくる。

「いや、たまにはいいかと思って」

俺は照れながら答えた。

食事を始めると、だんだん外の景色が闇に沈んで、都心の夜景が宝石箱のように輝き始めた。

「綺麗《きれい》だな～……」

月愛はうっとりと夜景を見つめる。その横顔を見ながら、俺は「サトウさんに感謝かも」と少し複雑な気持ちになった。

食事が進んで、最後にデザートのアイスを食べているときだった。

「あっ、すごい、バースデーケーキだ」

月愛がふと、フロアに目をやって声を上げた。

店員の女性が、ホールケーキを持って運んでいた。ロウソクが立てられ、火がついている。

「今日お誕生日の人がいるのかな？　あたしと近いね！」

見ず知らずの他人でも親近感を抱いているのか、月愛が目を輝かせる。

「かな？　バースデー特典あるって書いてたから……」

俺は「もしや」と思いながら、しらじらしくならないように相槌《あいづち》を打つ。

「へぇ～そんなサービスあるんだ、素敵……」

そのとき、バースデーケーキを持った店員さんが、俺たちの方へ歩いてきて、立ち止まった。

「お誕生日おめでとうございます、ルナさん」

にこやかなお姉さんの言葉に、月愛は目を丸くする。

「えっ、あたし⁉」

祝われるのが自分だとは本当に微塵《みじん》も考えていなかったのか、心底びっくりした顔をしている。

「わあっ、ありがとうございます！」

月愛が両手を合わせて感激する。

「リュート、どしたの⁉　こんなの初めてじゃない？」

お店の人が去ってから、月愛は俺に向かって驚きの声をあげる。

「……俺も、進化してるんだよ」

照れながら、笑って答えた。

ほんとは、ネットで予約しようと思ったら、特典がついているコースを発見したのでそれを選択しただけなんだけど。雰囲気がいいお店は、記念日に利用する人が多いせいか、話が早いなと思った。

「ちょっと早いけど、お誕生日おめでとう、月愛」

俺の言葉に、月愛は少し恥ずかしそうに笑った。

「ふふっ、ありがと」

そして、空の色が濃くなって、ますます煌《きら》びやかに輝く夜景に視線を注ぐ。

「……あーあ。またしばらく、リュートよりお姉さんになっちゃうな」

「まあ、そうだね」

毎年そんなことを気にしていたのかと思うと可愛《かわい》い。

「でもほら、男のが平均寿命が短いから」

フォローのつもりで、俺は言った。

「月愛のが年上？　で、よかったと思うよ。その方が、一緒にいる時間が長いから」

さっきのいちご狩りでの話を思い出したのか、月愛は「ふふっ」と笑った。

「まー、うちら百まで生きるから、九ヶ月くらい誤差だけどね♡」

「そ、そっか」

よくわからないけど、月愛が元気になったので、言った意味はあったなと思った。

「ケーキ食べよっ！」

「うん」

月愛に促されて、お店の人が一度下げて二つにカットしてくれたケーキを食べ始めた。

ケーキは、ちょうど二人で食べ切れるくらいの小ぶりなサイズの、白いショートケーキだった。上にはいちごが飾ってある。

「……いちご狩りのいちごも美味《おい》しかったけど」

上に載ったいちごを口に運んで、月愛が言った。

「やっぱ、こーゆー商品になってるものの方が美味しいかもね」

「だね」

俺も苦笑いで同意した。中にはちゃんと美味しいのもあったけど、探すのが大変だった。

「旬のときのいちご狩りだったら、もっと美味しいのいっぱい食べられたかもね」

「だね〜！　来年は春に行こ！」

月愛は声を弾ませた。そして、自分が食べているケーキの皿に視線を落とす。

「にしても、パティシエの人って、ほんと上手に作るよね〜。近くで見てても魔法みたいだもん。あたしにはムリだなぁ」

「でも、月愛が作ってくれるケーキもいつも上手だよ」

最近では、俺の二十歳の誕生日のときに作ってくれたアイシングクッキーの載ったケーキを思い出す。お店ではあまり見ない感じで、印象に残っていた。

「ほんと？　ありがと！」

月愛は嬉《うれ》しそうに笑う。

「じゃあ、また頑張って作っちゃお〜！」

はりきって、両手を拳にして大きく振ってみせる。

「次はどんなのにしよーかな〜。けっこー作ってきたからなぁ。いつからだっけ？　高二のリュートの誕生日に作って……あ！」

指折り数えて、月愛はふと手を止める。

「高三のクリスマスのときのは、けっこー自信作だったんだよ？　あのとき、まだシャンドフルールで働いてたから、使わない材料分けてもらえたし」

「……そうなんだ。確かにちゃんとしてたよね」

「えー、リュート、ほんとに覚えてる？」

「お、覚えてるよ。写真も撮ったし……」

自分のスマホのフォルダを探して、出てきたケーキの写真を月愛に見せた。

「ほら」

「あ、ほんとだー！」

でも正直に言うと、このケーキの味はほとんど覚えていない。

記憶に鮮明に焼き付いているのは、真っ赤ないちごのほろ苦さだ。

「美味しかった？」

「……うん」

「よかったー！」

月愛は安心したように笑って、フォークを口に運ぶ。

「このケーキも、美味しーねっ！」

「……うん、美味しいね」

目の前のケーキに載っていたいちごをフォークで刺して口に運び、咀嚼《そしゃく》しながらつぶやいた。

この甘酸《あまず》っぱいいちごを、俺は人生で一度だけ、苦い思いで噛《か》み締《し》めたことがある。

高三のクリスマスイブの日に。

♣

高三のクリスマスイブは最悪だった。

その日、予備校から模試の結果が返ってきた。

法応大学は、今回もE判定だった。

受験前の、最後の模試だったのに。滑り止めの立習院は前より少し上がってC判定だったけど、Aでもないからもはや滑り止めというのもおこがましい。

俺の学力は、つまりそういうレベルだった。

少しずつ、成績が上がってきているのは感じていた。だけど、時間が圧倒的に足りない。

浪人、という選択肢も心に浮かんだ。

だけど同時に、いつかの関家《せきや》さんの言葉も頭をよぎった。

──浪人なんてしても、いいことなんてひとつもねーからな、マジで。

──いいよなぁ、高二は。まだどこだって目指せるじゃん。俺も、あのときの俺に言ってくれるやつがいれば……。

俺には関家さんという人がいて、折に触れて忠告や助言をくれていたのに。

それなのに間に合わせることができなかったのは、俺自身の怠慢でしかない。

時間を巻き戻したい。

三年の春から、いや、それよりもっと前から、今くらい必死で勉強していたら、あるいは……。でも、そんなこと今考えたってしょうがない。

そう、過去を悔いるこの時間すら、今の俺にはもったいない。

受験はまだ終わったわけじゃない。後悔するのは落ちたときでいい。

そう思って、目前にあるすべきことに向き合うしかなかった。

一日一日が、長くて短い。世界史の分厚い用語集も、英語の単語帳も、そのすべてを暗記するにはあと何日あればいいのかわからない。一度覚えたと思ったことも、時間が経《た》ったら忘れている。

気持ちばかりが焦《あせ》る。でも、やれることは結局、一つ一つの小さな努力の積み重ねだ。

この一問を解いて、この一単語を覚える。

焦る心を抑えて、目の前の一事に専心する。その集中力を捻出するためだけにも、神経がすり減っていく。

そんな暗いトンネルのど真ん中でクリスマスイブを迎えていた俺の前に、月愛が現れた。

「えっ……」

自宅マンションに帰ってきたら、エントランスに月愛《るな》がいた。

「月愛……？」

「リュート！」

特に会う約束はしていなかった。LINEで「メリークリスマス！」というやりとりをしただけだ。

エントランスホールにある来客用の椅子から立ち上がった月愛は、手にケーキの箱を持っていた。

「ど、どうしたの？」

連絡があったのかとスマホをチェックするが、何も来ていなかった。

「サプラ〜イズ！　クリスマスケーキ渡そうと思って。手作りだよっ♡」

「え、あ……ありがとう」

人と会う心の準備すらしていなかったから、頭が回らなくてすべての発言がふわふわしていた。

「こんな大きいの、大変だったね……」

中身は見ていないけど、箱のサイズから見てカップケーキとかではなく、ホールサイズのケーキだろう。

「ううん、あたしヒマだから。リュートにしてあげられること、これくらいしかないし……」

「………………」

模試の結果への焦りで頭がいっぱいすぎて、何も返事できなかった。あとで考えれば「そんなことないよ。月愛がいてくれるから頑張れるし」とか言えばよかったと思うけど。

「………………」

エントランスからコート姿の男性が入ってきて、俺たちには目もくれず足早にエレベーターの方へ歩いて行った。もう二十二時を過ぎてるし、みんな自宅でクリスマスパーティーをしているのか、マンション共用部の人気は少なかった。

「……リュート」

俺のせいで無言の時間が流れ、気まずさに耐えかねるように月愛が口を開いた。

「このあとって……お家《うち》帰って、またお勉強……だよね……?」

月愛の上目遣いの瞳と目が合った。

月愛はダウンジャケットの下に、モコモコのミニワンピースを着ていた。去年のクリスマスも似たような格好をしていた気がする、と思った。

彼氏と、何か一つでも、クリスマスらしいことができたら。

今思うと、そんな気持ちだったのかもしれない。

でも、このときの俺には、自分の成績以外のことを考える余裕が一切なくて。

「……うん……」

暗い顔をして、そう答えることしかできなかった。

「……そうだよね……」

月愛は俯《うつむ》いて、微笑を浮かべた。前髪のせいで目元の表情はよく見えなかったけど、口元は微笑《ほほえ》んでいたのは間違いない。

「お勉強、頑張ってね！」

顔を上げてそう言ったときの月愛は、もういつもの明るい表情だった。

「……うん、ありがとう……」

しかし、このときの俺は、覇気のない声でそう答えただけだった。

「……あ、駅まで送ってくよ……」

「大丈夫だよ！　うちと違って駅から近いし、怖い道もないから。A駅からはタクシー乗るし」

「えっ……あぁ……いいの？」

確かにA駅から月愛の家までの道に比べたら、ここからK駅までは半分ほどの時間で着くし、人通りの多い大通りしかないのは俺もよく知っている。

「リュートは早く帰って、お勉強の続きして！　顔だけでも見れて、来てよかった！」

元気に言って、月愛は俺に手を振りながらエントランスを出て行った。

「ありがとう……また……」

「うん！　帰ったらLINEするね！」

ひらひらと手を振って、エントランスの自動ドアをくぐっていく月愛の姿を、俺は力なく手を振り返しながら見送った。

家に帰って、コートを脱いだり手を洗ったりいろいろして。

自分の部屋に入った俺は、机の上に置いたケーキの箱に手を伸ばした。

中から出てきたのは、いちごが載って、白いクリームで覆われたホールケーキだった。

ツリーやサンタなどクリスマスの飾りで彩《いろど》られ、「Merry Xmas」と書かれたチョコレートのプレートが載っていた。

もったいない気がして、部屋の蛍光灯の下でいまいち写りが悪い写真を一応撮ってから。

飾りのいちごを一つ、手でつまんで食べた。

「…………」

さっきの月愛の様子を思い出した。

無理させてしまっている、とわかっていた。

でも、それどころじゃなかった。こうしている今だって、内心ずっと焦っている。心のどこかで常にエイトビートのドラムが鳴らされているみたいな、そんなせわしない気持ちが続いていた。

苦い、と思った。

ケーキから剝がれたクリームがたっぷりついて、こっくり甘いはずのいちごを食べているのに。

そのとき、机からブブブッと音がした。さっき置いたスマホが震えていた。

画面を見ると、月愛からメッセージが届いていた。


リュートならきっと大丈夫だよ！

あたしは信じてるから、頑張って！


「月愛……」

思わずスマホを握りしめて、俺はつぶやいた。
なんだか鼻の奥がツンとしそうなくらい、胸の奥が熱く痺《しび》れた。
やっぱり、今日の俺は少し様子がおかしかったのかもしれない。
それでも、こうして文句一つ言わずに励ましてくれる、その思いやりが有難《ありがた》くて。
月愛が愛おしかった。

こんな彼女を、俺は一生大事にしよう。
しなければ、バチが当たる。

そう思って。
パチパチとまばたきしながら、机の灯《あか》りをつけて椅子に座って、だいぶ使用感の出てきた黒いデイバッグからテキストを取り出した。

♣

あのとき食べたいちごの味を、俺は今でも忘れない。

人生で一番どん底だったときの記憶と、月愛への感謝とともに。

「……これ、プレゼント」

ケーキを食べ終わる頃に、俺は月愛に小さな袋を渡した。中には、片手に載るくらいの小さな箱が入っている。

「えっ、ありがと！」

月愛はその長方形の箱を取り出し、しげしげ眺めながら、十字にかかったリボンに手をかける。

「なんだろ〜、アクセサリーかな？　ネックレス？」

月愛の探るような視線をかわし、俺は誤魔化し笑いを浮かべる。

「……あっ。シャー、ペン……？」

「うん」

月愛が箱から取り出したのは、白いボディーにゴールドの縁取りがされたシャープペンシルだった。

「あたしの名前入ってる！　可愛いー！」

ボディーの横に、金属部と同じゴールドで筆記体の名前の刻印が入っている。ネットで簡単にオーダーできたので、月愛がＳＮＳなどで使っている「Luna」の名前を入れてもらった。

五千円くらいの値段でシャーペンにしては高価なだけあって、月愛の手の中にあるそれは、まるでアクセサリーのようにピカピカ輝いていた。

「ボールペンのがプレゼントっぽいかなとは思ったんだけど……やっぱ勉強には、こっちのが使うかなと思って」

「え？」

「秋からの学校、頑張ってほしくて」

いつもみたいに装飾品のがよかったかなとも思いつつ、俺は自分の思いを伝えた。

「月愛が俺の受験を応援してくれたみたいに……今度は俺が、月愛の夢を応援したいんだ」

レイクタウンで、彼女の夢に対する真摯な志を聞いて受けた感銘を思い出しながら。

今度は、俺が月愛を支える番だ。

そんな俺の決意を伝えたかった。

「リュート……」

月愛《るな》はシャーペンを手に、俺をじっと見つめる。

窓の外の夜景は、ますます美しく冴《さ》え冴《ざ》えと輝いている。

「……それに、月愛が覚えてるかはわからないけど」

これは、月愛に初めて打ち明ける話だ。

「俺が、月愛を好きになった……きっかけでもあるから」

「えっ？ シャーペンが？」

驚いたように尋ねられ、俺はちょっとためらいながら頷《うなず》く。

「……高二の初め、保護者会のプリントに月愛が名前書き忘れてて、一番前の席の俺に『シャーペン貸して』って」

「それで？」

「貸したら『ありがと』って、笑顔でお礼言ってくれて……」

「うんうん」

月愛が先を急《せ》かすように相槌《あいづち》を打つので、俺は苦笑いを浮かべる。

「……いや、それでおしまいだけど」

「えっ!?」

月愛は驚きの声を上げた。

「今の話のどこに、あたしのこと好きになる要素あった⁉」

「ほんとだよね」

　自分でもおかしくなって笑ってしまった。

「……でも、ずっと『可愛《かわい》いな』って思ってたから」

　あの頃の感情を思い出すと、なつかしい気持ちになる。

　手の届きっこない、憧れの「白河《しらかわ》さん」。あのときの俺にとっては、今こうして肩を並べて食事しているなんて考えられない存在だった。

「こんな陰キャな俺に声かけてくれると思ってなくて……嬉《うれ》しかった」

　当時の気持ちを思い出して、ひとりでに微笑が浮かんだ。

「月愛に貸したシャーペン、もったいなくて、しばらく使えなかった。……実は、今も取ってある」

「ウソッ⁉」

　別に今さら「白河さんの指紋が……」なんてキモいことを考えているわけじゃないけど、なんとなく二人の記念の品のような気がしてしまっているから。壊したり失《な》くしたりしたらイヤだなと思って、自室のデスクのペン立てで、トロフィーみたいに使用されることのないオブジェになっている。

「自分でもヤバいと思うけど」

自嘲して言うと、月愛は「ううん」と首を横に振った。

「それだけ、リュートがあたしとの出会いを大事にしてくれてたってことだよね」

白いシャーペンを胸に抱えて、月愛は微笑《ほほえ》んだ。

「あたしが借りたシャーペンを、リュートが大事にしてくれたみたいに……あたしも、この子を大事にするね」

「……ありがとう、月愛」

胸がいっぱいになってお礼を言った俺に、月愛がにっこり笑いかけてくれた。

「こちらこそだよ」

そして、ちょっとおかしそうに笑った。

「……ふふっ。リュートにシャーペン借りてなかったら、今のあたしたちって、赤の他人だったのかな？」

「……そうなのかな？」

その場合、俺はイッチーに「好きな子に告白しろ」と命じられてどうしたんだろうか？

いくら憧れていたって、一度も話したこともない「白河さん」には、さすがに告白する勇気はなかったかもしれないなと思った。

「あ！」

月愛が急に声を上げた。窓の向こうに視線を送り、何か考えるように目を細めている。

「……待って。あたし、そのときのこと覚えてるかも」

低い声で、そう言った。

「まだ知らないクラスメイトが多くて……でも席が後ろで戻るのめんどいから、近くの子に書くもの借りちゃおーって……思ったら、教卓の前の男子と目が合ったから『貸して』って声かけたんだ」

一つ一つの行動を振り返るように、月愛は一点を見つめて言う。

「そしたら、慌ててたみたいにすぐシャーペン差し出してくれて……優しい子だなって思った」

そして、俺の方を見た。

「そっかぁ、あれがリュートだったんだ！」

「…………」

俺は感動していた。

ずっと、月愛はあのときのことなんて覚えていないと思っていたから。

月愛にとってはモブでしかなかった時代の俺のことを、記憶の海から探り出してくれた彼女に感謝した。

「なんか不思議だね。人の縁って」

ふと、しんみりと月愛が口にした。

「ちっちゃなグーゼンの積み重ねで……こんな大きな奇跡が起きちゃうなんて。リュートと出会わなかったときのあたしなんて、もう今じゃ想像もできないのに」

そう言ってから、ニッといたずらっぽく笑った。

「プリントに名前書き忘れた高一のあたし、グッジョブすぎる！」

その無邪気な表情は、高校の頃とちっとも変わっていない。

「よーしっ！　これで勉強モリモリ頑張るぞーっ！」

「うん、頑張って」

張りきる彼女に、俺は心からのエールを送る。

「ありがと、リュート」

それを受け止めた月愛は、俺に心のこもったまなざしを向けてくれる。

「二十一歳になっても、あたし、リュートが大好きだよ」

そう言って微笑んだ、まだ二十歳の月愛は。

背景の夜景と共に額に収めたいくらい、この上なく眩《まばゆ》く美しかった。

第四章

七月に入って、大学はテスト期間になった。テストはいつも通り、なんとなく手応えがあるものもないものもあったが、どれも単位は取れただろうなという感触で終了した。テストが終わった者から、大学生は夏休みに入る。俺は自分のテスト期間が終わったあと、ちょっと学生課に用事があるため大学へ行くことになっていて、そこで友達と会う約束をしていた。

「ニッシー」

大学の最寄駅《もよりえき》の改札で、ニッシーと落ち合った。

「よー、久しぶり」

イッチーのちゃもたろさん騒動のとき以来だから、会うのは四ヶ月ぶりくらいだ。

「山名さんとはどう？」

「まーぼちぼち」

駅から大学まで歩きながら、俺たちは並んで話した。

進学のために北海道に行ってしまった関家《せきや》さんと別れた山名さんは、すぐにニッシーと付き合い始めた。その報告を受けたのはＬＩＮＥメッセージだったから、本人の口から聞くのは初めてだ。

「よく会ってるの？」

「んー、それは別に、あんま変わんないかも。今までも月一、二くらいで飯食ったりしてたから」

「……そうなんだ？」

ちょっと意外な反応だった。ニッシーは高校の頃から山名さんに片想《かたおも》いしていたのだし、その想《おも》いが実った今、もっとテンションが上がっていると思っていた。

まあ、ニッシーはちょっとかっこつけなところがあるので、浮かれている自分を俺に見せないようにしているだけかもしれないけど。

「その辺は、白河さんから聞いてるんじゃないの？」

「え？　うーん」

俺は、最近の月愛との会話を思い出した。

「……そういえば、あんま聞いてないかも」

「マジか」

ニッシーは予想外のように目を見開いた。

「……笑琉《にこる》、俺とのこと、白河さんにも話してないのかな」

「いや、それはないでしょ」

俺は笑い飛ばした。毎晩のように通話していた高校生の頃より頻度は落ちているようだけど、月愛と山名さんは相変わらず親友同士なんだから。

「大学生になってから俺と月愛があんまり会えてなくて、会うと話すことといっぱいあるから、月愛も話題にするの忘れてただけだと思うよ。俺も訊《き》くの忘れてたし」

「まーそっか。他人の話なんてしてるヒマないよな。相変わらず仲がいいことで」

ちょっとひがみっぽく言われてしまって、俺は内心冷や汗をかく。

「いや、それを言うならニッシーも。四月から付き合って、三ヶ月くらい？　一番楽しい頃なんじゃない？」

俺は月愛としか交際経験がないのでよくわからないけど、そんな定説を聞いたことがある気がして、軽く冷やかした。

「……まあ、楽しいは楽しいよ、俺は。ずっと好きだったから」

ニッシーは浮かない顔で答えた。

その顔は、どう見てもかっこつけてスカしてるというふうではない。

でも、それ以上はなんとなく訊けなくて、一旦話題を変えることにした。

「そういえば、バイトはどう？　今もやってるの？」

「あーうん」

ニッシーは、大学一年の頃からファミレスの厨房《ちゅうぼう》で働いている。週三くらいで多くはないものの、長続きしているなと感心していた。

「厨房だからお客さんとも会わないし気楽だよ。冷蔵庫からサラダの皿出してラップ剝がしてドレッシングひと回し半かけて完成、みたいな感じだし」

「それ聞いちゃうと、なんかディストピア飯感あるなぁ」

「だからあんな提供早いんだぜ」

「うーん、企業努力」

「カッシーは？　まだ塾バイト？」

「いや、塾はもう土曜だけ。今は飯田橋《いいだばし》書店の編集部バイト中心」

「ああ、そういや言ってたっけ。黒瀬《くろせ》さんと一緒のやつだよな」

そんな話をしながら、俺たちは法応大学のキャンパスへやってきた。

「……？」

二月に山名さんと月愛《るな》と四人でドライブに行ってから、俺とニッシーは以前よりも連絡を取るようになっていた。

山名さんとのことも聞きたいから早く会いたかったのだけれども、二人ともバイトや大学で絶妙に予定が噛《か》み合《あ》わず、講義がなくなったテスト明けのタイミングの今日、俺の編集部バイトの時間まで会うことになった。

俺が「大学に用事があるので行ってから向かう」と言ったら、ニッシーが「俺も法応大に行ってみたい」と言うので、大学で昼ご飯を食べることにしたのだった。

「うわ、校舎でっか」

正門を入ってすぐに現れる校舎を見上げて、ニッシーが驚きの声を上げた。

「けっこう新しくね？」

「ね。でも、奥には古い校舎が多いよ」

「ふうん。考えてみたら、自分のとこ以外の大学なんて行くことないもんなぁ」

「俺もだよ。今度、成明《せいめい》大学も案内してよ」

「あー、いいよ。俺もあんま使いこなしてないけど」

俺たちは、話しながらキャンパス内に入っていく。

「学食三つあるけど、どこ行く？」

「三つ⁉　すげーな。カッシーのおススメは？」

「うーん……」

久慈林《くじばやし》くんとよく行く食堂には体育会系男メシ感があるので、外部から「法応」のイメージを求めてやってきたニッシーには、ちょっとお見せしたくないかもしれない。その下にある大食堂は、どこにでもある生協食堂だ。となると。

「じゃあ、カフェテリア行こうか」

「おう。任せた」

そうして、俺はニッシーと、俺自身二、三回しか足を運んだことのないカフェテリアへ向かった。


カフェテリアは、正門前の校舎の四階にある。

まだ新しくて綺麗《きれい》なので女子学生には人気だけど、それゆえ俺みたいなぼっち陰キャには結界が張られているように感じる場所だ。

イッチーと大差ない限界ファッションの久慈林くんと違って、最近のニッシーはなかなかオシャレなので、陽キャの友達を連れてるみたいで、俺もいつもより堂々としていられた。

壁一面がガラスになった採光バツグンのフロアに入った俺たちは、なるべく人のいないエリアのテーブルに陣取った。

「やっぱ法応の学生は賢そうだなー」

ランチセットをオーダーして、トレーと共に着席すると、ニッシーが辺りを見回して言った。

試験期間も終盤なので、昼時でも普段に比べて人は少なめだが、まだテストを控えているのか、一人で勉強しているような学生もいる。やはり全体的に女子が多かった。

「……しかし、落ち着かないな」

「KENの動画でも見る？」

高校の頃は、昼休みによくそうやってお弁当を食べていたので提案してみると、ニッシーは途端に血相を変えた。

「おいっ、やめろよ！　大学生にもなったらKENは個人でこっそり崇拝するものだろうがっ！　それもこんな女子の多いカフェテリアで！　いいか、今日はもう間違ってもKENとか言うなよ！」

「ええっ⁉」

そんなにダメだった？

ニッシーの中でKENが今一体どんな扱いになっているのか気になったが、それがわからないくらい、俺はもうキッズの第一線から遠のいてしまったのかもしれない。そう思うと無性に寂しい。

とにかく動画は却下されたので、俺たちは世間話をしながら食事することにした。

「そういやイッチーは？　最近参加勢でもあんま見ないよね。あれから連絡取ってる？」

「いんや。……あ、一度だけ」

「ん？」

「笑琉と付き合うことになったって報告するときに電話したんだけど、傍《そば》に谷北さんがいるっぽくて、俺と笑琉のこともすでにそのルートで知ってたみたいだし、二人でずっとクスクス笑っててなんかムカついたから、すぐ切ったわ」

「そうか……」

俺も、イッチーにはちゃもたろさんとの一件以来、まったく連絡していない気がする。

「ったく、何してんだろなー」

「元気だといいね」

「まぁ元気だろ。死んだら葬式の連絡くらい来る仲だと思ってるし」

「ハハ」

ニッシーのブラックジョークに軽く笑いながら、俺は食事を続ける。

「谷北さんなぁ……」

デミグラスソースがかかったオムライスを口に運びながら、ニッシーがつぶやいた。ちなみに俺は、豚肉と小松菜の和風パスタを食べている。

「可愛《かわい》いけど、めちゃくちゃ性格キツかったよな。尻に敷かれてそう」

「まぁ、それが嬉《うれ》しい人もいるだろうし。イッチーはたぶんそっちのタイプだよね」

「……それって、夜の話？」

「えっ⁉　ち、違うよ……！」

急に下ネタをぶっ込まれて、俺は動揺する。

「カッシーんとこは？　どっちなん？」

「は？　何？　……どっちの話？　力関係？」

うろたえたまま訊き返すと、ニッシーは意味ありげに笑った。

「どっちでもいーけど」

そう言って、ニヤニヤしたまま俺を見ている。

「まだお昼だよ……？」

ニッシーには、俺が未《いま》だに月愛と結ばれていないことを打ち明けていないので、こういう話はちょっと気まずい。

「……そういうニッシーと山名さんは？　人に訊くなら教えてよ」

俺が反撃すると、ニッシーの顔色がさっと変わった。

「……別に、話せるようなことなんて、なんもねーよ」

「え……？」

ニッシーは俺と目を合わせずに、窓の方に顔を向けていた。その横顔には、駅前で会話していたときからの、山名さんとの交際話になると浮かぶ微妙な感情が表れている。

山名さんと上手《うま》くいっていないのだろうか？　まだ三ヶ月なのに？

そう思っていたときだった。

「……笑琉って、俺のこと男として見てんのかな」

ふと俯《うつむ》いて、ニッシーが零《こぼ》した。

「……三ヶ月経《た》って、こんな進んでないとは思わなかったよ」

「…………」

山名さんと、恋人らしいことができていないということか。

俺も四年付き合っててまだ童貞なので、本人たちがいいならそれでもいいのではないかと思うけど、今の状態がニッシーにとって不本意であることは、その表情が物語っている。

「……まだ、全然……何も？」

気を遣いながら尋ねると、ニッシーは一瞬俺を見て、不貞腐《ふてくさ》れたように口を開いた。

「手は繋《つな》ぐよ。……でも、そんだけ」

「……なるほど」

「夜にお台場とか歩いてみても、昼間のデートとテンションが変わんないっていうか」

「……なるほど……」

そういうことに関しては俺も苦手分野で、いつも月愛のリードに任せている気がするので、なんとも言ってあげられないのがもどかしい。

「なんか、全然そういう雰囲気になれないんだよな。俺は頑張ってるつもりなんだけど……向こうが、そうさせてくれないっていうか……」

本当はこんなこと、俺にだって言いたくないのかもしれない。ニッシーはずっとむくれ顔をしている。

「手繋いでても『あたしより手小さくない？』とかいじってくるしさ」

「なるほど……」

俺は何度目かの「なるほど」を繰り出すしかない。

確かに、関家《せきや》さんは背が高いから手も大きかったな、とラーメン屋でコップを持った姿

を思い出して考えた。昔卓球をやっていたせいか、細いのに筋張ってゴツゴツした、男っぽい印象の手だった気がする。

向かいにいるニッシーの手を見た。スプーンを持つ右手は、確かに関家さんのそれより一回り以上小さくて、少しだけ子どもっぽい丸みも感じる。

「……俺、元カレといたときの笑琉《にこる》を、ずっと見てきたからさ」

そう言うニッシーの表情は、一段と辛《つら》そうだった。

この顔を、俺は見た記憶がある。修学旅行の京都で、山名さんと関家さんが抱き合う様子を見たあと、長い散策の果てに俺に見せた横顔だ。

「全然違うんだよな。あいつに見せてた顔と……今の俺に見せる顔が」

「………」

俺はニッシーといるときの山名さんも、関家さんといるときの山名さんも知っている。

「……でも、ニッシーと一緒にいるときの山名さんの方が、本当の山名さんって感じだったよ。昔から」

俺のフォローに、ニッシーは俺を見て少し嬉しそうに微笑《ほほえ》んだ。

だが、すぐにその表情は再び暗く沈む。

「……贅沢《ぜいたく》な悩みを言ってるんだとは思うよ。俺みたいな陰キャと付き合ってくれただけで、有《あ》り難《がた》く思わなきゃいけないんだろうけど」

自嘲気味に笑って、ニッシーは言った。

「それに俺たちって、友達の期間が長かったから……いきなり彼氏彼女になったからって、そんなに急には切り替えられないよな。笑琉は元カレと別れて間もないし。それはわかるんだけど……」

そう言って、ニッシーはスプーンを持った手で頬杖《ほおづえ》をついて、窓の方に視線を向けた。

イチョウの木々の緑が、窓の外で色鮮やかに揺れていた。

それを見つめて目を細め、ニッシーは小さくつぶやいた。

「『彼氏彼女』なんだから……『友達』の頃とは違う関係を望んじゃいけないのかよ……」

◇

「お、いらっしゃい！」

A駅近くの繁華街にある雑居ビルの五階にエレベーターで上がって、マンションの一室みたいな部屋のインターフォンを押すと、中からドアを開けた山名さんが威勢よく出迎えてくれた。お店の雰囲気はだいぶ違うけど、彼女のテンションは居酒屋のアルバイトのときと同じだ。

「入って入って。あそこ座って」

山名さんが示したのは、部屋の奥だ。細長いテーブルが二台並んでいて、手前にはそれぞれ、小さなソファのような椅子が置いてある。

山名さんに示された奥の方の椅子に、俺はおずおずと座った。

部屋はこぢんまりしていて、一人暮らしの１ＤＫのような広さだ。物が少なく殺風景な印象はあるが、壁紙も家具も白でまとめられて、清潔感はある室内だった。

「……なんか、プライベート感あるね」

「でしょ」

山名さんは笑って、机を挟んだ向かい側に座った。客用のとは違って、背もたれもない簡単な丸椅子だ。

「うちの学校の先輩が、開業から女性一人でやってたサロンなんだ。だから、防犯上、お客さんも女性限定にしてたんだけど。四月からあたしが入ったから、二人でいる時間帯のときには男の人にも来てもらおうと思って、メンズも始めたんだ。秋からまた新しいネイリストも入る予定だし」

そんな話をしながら、山名さんはテキパキと準備を進める。机の真ん中には細い蛍光灯がついた箱みたいなものがあり、それを脇にどかして、筆みたいなものがいっぱい挿さったペン立てのようなものを手前に持ってくる。

「手出して。消毒するから」

「あ、うん……」

月愛《るな》以外の女性の手に触れるのはフォークダンス以外では初めてなので、よく知る山名さんとはいえ、ちょっと緊張した。

山名さんは、俺の手を片方ずつ自分の手の上に載せ、脱脂綿のようなもので掌《てのひら》や指先をさっと拭いた。それから、モニター用の写真をスマホで撮る。

「……その先輩は、今はいないの？」

小さな部屋なので、見回すまでもなく、誰もいないのは明らかだ。

「あーうん。友達にモニターに来てもらう枠だからいいですよって、昼休憩入ってもらった」

「そうなんだ」

山名さんの口から「友達」と聞くと、ちょっと照れ臭いような、くすぐったい気持ちになる。本当に、親友の彼氏としても、男友達としても認めてもらえたんだなと思うと嬉しかった。

「この前、ニッシーと大学でお昼食べたよ」

あのとき、ニッシーから山名さんとの話を聞いて。

月愛が言っていた「メンズネイルのモニター」の話を思い出した俺は、月愛に連絡して翌週の平日午後一時に予約を取ってもらったのだった。終わってから編集部に出勤すれば、ちょうどいい時間だ。

「あー、そうみたいね。法応大でしょ？　偏差値高すぎて腹壊したって言ってた」

「いや、それはただの食べ過ぎだって」

ニッシーはオムライスを食べ終わったあと、「せっかくだから」とパフェとレアチーズケーキまで注文し、「もう食えねー」とぼやきながら完食していた。

「あんたらは仲良いみたいでよかったわ」

山名さんは、俺の爪にやすりをかけながら言う。爪の白い部分をギリギリまで削りながら、みるみるうちに丸く綺麗《きれい》なシルエットに整えていく手際《てぎわ》は、さすがプロという感じだ。

「蓮《れん》がさ、『イッチーと連絡取れない。取りたくない』って文句言ってるから」

ニッシーの口真似《くちまね》をしてセリフを言った山名さんは、ニヤッと笑って俺を見る。

「なんせ、あいつらは今、二人だけの世界だからねー」

「イッチーと谷北さん？」

「そそ。アカリ、ちょーヤバいよ。どハマり中。インスタもTikTokもマジ痛ウザいから。見る？」

というかもう見せたくて仕方ないようで、山名さんは俺が頷《うなず》く前から施術の手を止めていた。腰に着けているエプロンのポケットに手を突っ込んでスマホを取り出し、こちらに見せてくる。

谷北さんのものらしいTikTokのアカウントの最新の投稿は、谷北さんとイッチーの顔にキラキラのエフェクトがかかって、二人で何か歌っている短い動画だった。サムネをざっと見る限り、そんな感じの動画が無限に連なっている。

「……すごいね。ほぼ毎日、ツーショットで更新されてる」

「ね。なんなの？　一緒に住んでんの？　浮かれすぎてて怖いわ」

山名さんが呆《あき》れたように笑って俺からスマホを受け取り、施術を再開する。

「……山名さんは、浮かれないんだね？」

「蓮と付き合って？　……浮かれないでしょ、そりゃ」

軽く笑って、山名さんは手を動かしながら答えた。

「だって、あたしたち、もともとそういう関係じゃなかったじゃん」

「……でも、彼氏彼女になったら、ちょっとは変わるもんなんじゃゃ……ないの、かな？」

俺自身はそういう恋愛をしたことがないので、だいぶ自信がない口調になってしまった。

施術の手は止めずに、そんな俺をちらっと見て、山名さんが笑った。

「……蓮は、変えたいみたいだね」

俺の手に視線を注いだまま、山名さんは言った。

「でも笑っちゃうんだよね、あたし。ムリよ、それは」

「……そうなの？」

「そらそうでしょ」

山名さんは笑って頷く。

「……あたしさ、蓮と一緒にいるとき、自分が自然体でいられるのが好きだったんだ」

その視線は俺の手に向いているが、同時に、どこか遠くへ向けられているようでもあった。

「センパイと付き合ってたときは、センパイに『可愛《かわい》く見られたい』とか『いい子に思われたい』とか思って、自分のほんとの気持ち、いっぱい呑《の》み込んできた。そういう無理を、蓮と付き合ったらしなくていいんだって。だって、あたしは蓮の前ではそういう態度を一度も取ったことがなかったから。そんなあたしを、蓮は好きになってくれたんだから」

「なるほど……」

またこの相槌《あいづち》が出てきてしまった。ニッシーの様子を見ているから微妙な気持ちになってしまうけど、山名さんにとっては、ニッシーとの交際は極めて順調といった感じなのかもしれない。

そんな関係が、もし不満なら……この恋を手放さなくてはいけないのは、ニッシーの方からなのではないか。

そう思ってしまったら、山名さんにこれ以上何か言うことはできなかった。

「……そういえば、山名さんと関家《せきや》さんって、どうやって付き合い始めたの？」

代わりに、俺は山名さんにそんなことを尋ねた。

中学の卓球部の先輩プレイヤーと後輩マネージャーだったという話は聞いていたけど、どうやって両想《おも》いになって付き合うに至るかのディテールまでは、どちらからも聞いたことがなかった。

山名さんにとっては、やはり関家さんとの恋が特別だったのだと思うし、今さらだけど聞いてみたくなった。

「え？　何よ。なんで今？」

「あ、イヤだったらいいけど……」

「別にいいけど」

相変わらず手際良く施術を続けながら、山名さんは口を開いた。

「うーん……一言で説明すんのはむずいわ。部活で一年かけてだんだん仲良くなって、卒業きっかけで付き合った感じだから」

「どっちが告白したの？」

「告白かぁ……うーん、まぁセンパイかな？　バレンタインのときに、それっぽいこと言われて、そこからいい感じになったから」

「そうなんだ」

俺は、いつか見せてもらった中学時代の関家さんの写真を思い出した。あんなイケてない感じだったのに、決めるべきところでは決めたのか。さすが関家さんだ。

そんなことを話しているうちに、俺の「ネイルケア」はいつのまにか完了したらしい。

最後に「何の香りが好き？」と訊《き》かれて「わからない」と答えたら、柑橘《かんきつ》系の香りのハンドクリームを両手に塗り込まれ、施術は終わった。

「うわ、すごいね！」

自由になった両手を目の高さに上げて、俺は自分の爪をまじまじと見つめた。

「爪が輝いている……」

綺麗に同じ長さにそろった十本の指の爪は、どれも表面が滑らかに整えられ、何も塗っていないのに蛍光灯の光を反射してピカピカと光っていた。爪の根元にうっすらある、ともすればささくれになりがちな薄い皮も綺麗に刈り取られて、爪が長くなったように見えた。

自分の指なのに、自分のものではないようだ。

月愛の気持ちがわかると思った。確かに、自分の爪がこんなに綺麗だと、つい見てしまうし、気持ちがウキウキする。ナルシストになった気分だ。

「これからは、メンズもネイルケアはマストの時代だからね。彼女がいる男ならなおさらよ？　手や指は一番相手に触れる場所だし、清潔に整えとくのは、思いやりの一環よ」

そんなことを言いながら、山名さんは自分のスマホで、机に置いた俺の指の写真を何枚か撮った。

それから、俺の顔を見てニヤッと笑う。

「……あんたたち、沖縄でついに……でしょ？」

誰もいないのに声をひそめて囁《ささや》かれ、俺はドキッとした。

「……う、うん……」

月愛ってば、そんなことを山名さんに言っていたのか。

「そ、そのつもりだけど……」

顔を熱くしてうろたえる俺を、山名さんはニヤニヤと見守る。

「旅行前、よかったらまた来なよ。トクベツに、次も半額にしたげるからさ♡」

そう言って、いたずらっぽくウィンクした。

◇

八月に入って、いよいよ連日の猛暑日がやってきた。

「あっつー……」

真昼に外を歩いていると、真上から灼熱《しゃくねつ》の日差しに全身を炙《あぶ》られて、思わず独り言が出てしまう。

そんな中、バイトでもデートでもないのにわざわざ外出したのは、あの人に会うためだった。

「おー龍斗《りゅうと》」

新三郷駅の改札を通ってやってきた関家さんは、俺の姿を認めると手を上げた。

「焼けてますね。珍しい」

「日曜、中学の友達と海行ってきたんだよ」

関家さんの顔は、うっすら小麦色に日焼けしていた。半袖シャツから出た腕も、同じ色になっている。

「いいですね、海」

「野郎ばっかでふざけてただけだけどな」

でも、そう言う関家さんは楽しそうだった。

思えば、俺が知り合ってからの関家さんはずっと受験生だったから、夏休みでも遊んでいる姿なんて見たことがなかった。朝から晩まで予備校にいたから、日焼けとも無縁な生活だった。

「ナンパしなかったんですか？」

「するわけねーだろ。卓球部の連中なんだから、みんな陰キャだよ」

「それは全国の卓球部員に失礼なのでは……」

「じゃあ大会行って見てみろって、チー牛ばっかだから」

「……あはは」

フォローしてあげようと思ったのに余計に口が悪くなってしまって、俺は笑うしかなかった。

「どれくらいこっちにいるんですか？」

歩行者デッキを目的地へ向かって歩きながら、俺は関家さんに訊いた。

「一週間ちょいかな。来週には帰る予定。休み明けに試験あるから、勉強しないと」

「へぇ〜……やっぱり、医学部って大変なんですね」

「まぁ、それはわかってたことだから。浪人生のときより気持ち的にはよっぽど楽だし、頑張れるよ」

淡々と答えて、関家さんは日差しから顔を背けるように俯《うつむ》いた。

「……別に、ほんとはもう一週間くらいいてもいいんだけど、地元の友達とお前に会えれば、それ以上こっちにいる用もないし。実家より一人暮らしのが快適だしな」

「………………」

関家さんの家庭の事情についてはなんとなく知っているけど、その口調にはそれだけではない何かを感じた。

もし、関家さんが今も山名さんと付き合っていたら。この夏休みは、二人にとって、かつてなく幸せな二週間になったんだろうなと考えてしまった。

そして、ニッシーの悩みを思い出して複雑な気持ちになった。

「そうそう。大学受かったらさ、親父《おやじ》が優しくなったんだよ。『たまには飲みに行くか』って誘われて、今夜二人で寿司《すし》食いに行く」

「えっ、いいですね。回らないやつですよね？」

「銀座だしな。これで回転寿司《ずし》だったらウケるわ。笑いをわかりすぎだろ、親父」

そう言う関家さんは嬉《うれ》しそうだった。お父さんに対しては愛憎ある様子の関家さんだが、今も医者として尊敬しているのは間違いないようだ。

「で、今日はなんでここに？」

いよいよ目的地に近づいてきて、俺はでかでかと見え始めた青と黄色の看板を指差した。言わずと知れた世界的家具メーカー「IKEA」に、これから俺たちは向かおうとしている。

「IKEAって、北海道にねーんだよ。ほら俺、引っ越してすぐに大学始まっただろ？　まだ家具とか揃《そろ》えきれてなくて。学生みんな近くに住んでるから、友達が家来たりすることもあるんだけど、いつまでも床に缶チューハイ置いて飲むのもあれじゃん？　だから夏休み中にテーブルとか用意したいんだけど。ネットでずっと見てて、やっぱIKEAの家具がかっこいいし、コスパもいいなって。でも実物見てから買わねーと、ネットで注文して届いて、イメージと違ったら面倒だから」

「まあ、それはわかりますけど」

俺も大きな買い物前はいろいろリサーチするし、返品とかの交渉事も苦手だから、関家さんと同じ慎重派だ。

　そんなことを話しているうちに、俺たちは店舗に到着して、店内に入った。示されている順路通り、目の前のエスカレーターで二階に向かう。

　二階は、全体が売り場兼ショールームになっている。ソファやテーブルなどテーマごとに集められた売り場がある一方で、いろんな家具がオシャレに配置された小部屋がところどころに現れる。通路を順路通りに辿《たど》っていくと、いつの間にか家中の家具を一通り見られるという具合になっているらしい。

　テレビなんかではよく見かけるけど、実際に店舗に来るのは初めてだった。

「でも、なんで俺を誘ったんですか？」

「いやだって、こんな場所、一人で来たら死にたくなるじゃん？」

　そう言われて、改めて周りを見回した。目立つのは家族連れ、次いでカップル。こんな場所に買い物に来るくらいだから、同棲《どうせい》を控えて今がラブラブ絶頂期なのか、見苦しいくらいにイチャつきながら商品を見ている男女もいる。

「……じゃあ、女友達に声かけたらよかったのでは？」

「無理だろ。ほんとに『女友達』だったら、こんなとこ意味深すぎて拒否られるわ」

「確かに……」

「そもそも、俺のこっちにいる友達、みんな社会人だから。まだお盆前だし、平日はバリバリ働いてるよ」

「あー……」

そうなると、なんとなく俺が誘われた事情はわかった。

「……関家《せきや》さん、新しい彼女は？　向こうでできてないんですか？」

気になって尋ねてみると、関家さんは少し意味ありげに微笑した。

「……まぁ、彼女になってくれそうな子はそれなりにいるよ。ご心配なく」

その余裕ある態度に、なんとなくムッとする。

「別に心配はしてませんよ。関家さんのことだし」

「ただ……」

そこで、順路が渋滞していて俺たちは立ち止まった。たまたま目の前に現れた棚の中のフリーザーバッグを、関家さんは手持ち無沙汰に手に取った。

「……今はまだ、女友達止まりかな。ちゃんとした付き合いができるのは、もうちょっと先になるかも」

カラフルなフリーザーバッグの見本に目をやりながら、俺は関家さんの話を聞いていた。

「俺は今『医学生』で、将来は『医者』になるんだよ。それはもう、よっぽどヘマしない限り、ほとんど既定路線だ。だからモテるってのもあると思うし」

自分で「モテる」とか言ってみたいなーと思ってしまうのは、モテない文学部学生の僻《ひが》みだろう。俺は黙って、関家さんの言いたいことを汲《く》み取《と》ろうとした。

「山名とのみたいな、ああいう恋愛は……もう死ぬまで二度とできないかもしれない」

そう言う関家さんの横顔は、柄にもなく打ちひしがれているように見えた。

「山名は……」

その名前を噛《か》み締《し》めるようにつぶやいて、関家さんは手にしていたフリーザーバッグを棚に戻した。

「まだ何者でもない俺を好きになってくれた、初めての女の子で……たぶん、最後の子でもあったんだよな」

そこで辺りが空き始めて、俺と関家さんは再び順路をゆるゆると歩き出した。

「別に、後悔してるってわけじゃねぇけど……あのときの俺には、あれしかできなかったし……山名はもう、次の彼氏と幸せなんだろうし……」

その方がいいと思うし……と口の中でつぶやくように言って、関家さんは足元に視線を落とす。

「……そんな大事な彼女を、俺はどうして、もっと大切にできなかったんだろうなとは思うよ」

その顔は、その言葉とは裏腹に。

身を焼くほどの悔恨に苛《さいな》まれているようにしか、俺には見えなかった。

「……それを、人は『後悔』と言うのでは？」

俺は、関家さんにはつい芯を食ったことを言いがちだ。なぜなら、関家さんは何を言っても冗談でまぜっかえしてくれるから。

だから。

「……あ、そっか」

ばつが悪そうに苦笑するだけの関家さんを見て、ちょっと悪いことをしたような、気まずい気持ちになってしまった。

「あ、ほら、これ可愛《かわい》いですよ」

俺は慌てて、近くにあったぬいぐるみを手に取った。ちょうど子ども部屋のコーナーにやってきたので、辺りにはおもちゃやぬいぐるみなど楽しげな商品が陳列されていた。

俺が手に取ったのは、大きめのサメのぬいぐるみだ。

「一人暮らしのお供にどうですか？」

何かで見たことがある気がするし、他のに比べて在庫が多いからイチオシの商品だろう。

バカにするなと笑ってほしかったのだが、関家さんは「そうだな」と興味を示した。

「ちょうどクッション欲しかったし、クッション代わりに買ってみるか」

「ええ、その用途はひどくないですか？」

「どうせ買うなら、こっちにするわ」

関家さんが手に取ったのは、サメの横にある棚のぬいぐるみだった。サメと似ているけど、ちょっと小さめで、イルカを象《かたど》ったぬいぐるみだ。

「……イルカ、好きなんですか？」

「別に。でも、こっちのがモノトーンでいい感じじゃん」

確かに、背中が青くて口がピンク色のサメと違って、イルカはグレーと白で落ち着いた色合いだ。男性の一人暮らしの部屋に置いてあっても違和感はない。

「毎晩これ抱いて寝るわ。彼女の代わりに」

「……まぁ、いいと思いますけど」

「冗談なんだから笑えよ」

「いえ、ちょっと悲しくて」

ふざけて目頭を押さえるふりをしてから、俺は関家さんを見る。

「それより、結局テーブルとかはどうなったんです？」

どうやら二階のフロアはもう終わりのようで、先の方にレストランのスペースが見えていた。

「あ、ほんとだ。つい話しながら歩いて来ちゃったじゃん」

それで俺たちは通路を逆走して、リビングコーナーへ戻った。

関家さんはいろいろなテーブルを見たあと、サイドテーブルとして売られていた低めの白いテーブルを食卓に選んだ。

他に、本棚とテレビ台の購入も決めた。そうして一階で細々したものをレジバッグに入れ、倉庫スペースでお目当ての家具を手に入れてから、出口で精算した。

発送手続きなどをして買い物がすべて終わったあと、俺たちは二階のレストランスペースにやってきた。

時刻は十五時過ぎだった。

「メシどうする？」

「あー食べます。俺、朝遅かったから、今ちょうどお腹《なか》空いてきて」

「わかる。俺も朝ご飯十時過ぎだった」

朝が遅くなりがちなのは、夏休みの学生あるあるだろう。

「付き合ってくれたお礼に奢《おご》るわ。好きなの頼めよ」

「えっ、ありがとうございます」

俺はこのあと夕方から塾バイトがあるので、しっかり食べておきたいと思って、ミートボールとフライドポテトのセットを注文した。

塾バイトは、夏休み中は夏期講習として特別シフトになっていて、俺は受け持ちの生徒に合わせて、日によって異なる時間帯に出勤していた。

一方、関家さんがトレーに載せたのは、大きめのチョコレートケーキとドリンクバーのコップのみだ。

「関家さん、それだけでいいんですか？」

「うん。このあと回らない寿司《すし》が待ってるからな。腹空かしとかないと」

「あーそっか」

そうして俺たちはレジを通って、テーブルに着いた。

中途半端《ちゅうとはんぱ》な時間なので、レストランはそこそこ空いていた。レストランは、テーブルや照明をIKEAの商品で揃えているのであろう、北欧っぽいシンプルでスタイリッシュな空間になっている。大学の大食堂か、それ以上あるかもしれない、広々としたスペースに白を基調とした椅子とテーブルがずらっと並んでいた。

窓際《まどぎわ》の四人席に向かい合って座った俺たちは、しばらく黙って食事をした。

ミートボールが美味《おい》しい。脇に小さなつぶつぶの実が入った赤いジャムが添えられていて、最初は「ジャム？」と思ったけど、つけて食べてみたら、甘じょっぱさがクセになる。付け合わせのマッシュポテトもクリーミーで味が良くて、さすがは世界的家具メーカー、食事のメニューも侮《あなど》れない。

関家さんは、窓の方に視線をやりながら、黙々とチョコレートケーキを口に運んでいた。それを見ていたら、この前山名さんと話したことを思い出した。

——告白かぁ……うーん、まぁセンパイかな？　バレンタインのときに、それっぽいこと言われて、そこからいい感じになったから。

「そういえば、関家さんと山名さんって、最初はどっちから告白したんですか？　二週間だけ付き合ったとき」

答え合わせをするつもりで尋ねると、関家さんはちらと俺を見て口を開いた。

「急になんだよ」

「いえ、ちょっと気になって」

「ん〜……山名じゃね？」

「えっ？」

俺は驚いて、フォークを持つ手を止めた。

「……山名さんは、関家さんからだって言ってましたけど？」

「え、マジ？」

今度は関家さんが驚く番だ。

「ん〜わかんね。そもそも、どうやって付き合い始めたんだっけ？　やっぱ山名きっかけだと思うけどな？」

当時を思い出そうとするかのような悩ましい顔で、関家さんは俺に言う。

「だってバレンタインにさ、俺にだけチョコ五つもくれたんだぜ？」

「五つも？　すごくないですか」

「だろ？」

「ちゃんとしたやつを？」

「いや、なんかラップでくるんだみたいな手作りチョコ」

「えっ？　それってみんなに配るばら撒《ま》き用なんじゃないですか？」

「でも、他のやつには一人一つなのに、俺にだけ五つだぜ？　実質告白だろ、そんなの」

「…………」

関家さんのこういう意外なピュア発言に、彼の非陽キャオーラを感じて嬉《うれ》しくなる。根っこの性格は今でも俺と同じ陰キャ童貞なんじゃないかと思えるから、俺は関家《せきや》さんが好きなのだろう。

「……チョコレート、そんなに好きなんですか?」

「え?」

「だってほら、今も食べてるし」

「ああ……。そうだな、別に嫌いじゃないけど。……なんか今日はそういう気分だったから」

「なんですか、それ」

俺がツッコむと、関家さんは「まーでも」と話を戻す調子で語り出した。

「ちゃんとした告白ってのは、どっちもしてないかもなぁ」

「そうなんですか?」

それで始まる交際なんてあるのか。俺には信じられない。大人の世界だ。

「だって、目の前にいる相手が自分のこと恋愛的に好きかどうかなんて、人としての普通の感性さえあれば、なんとなくわかるじゃん? そしたら、別に告ってなくても、好き同士ならなんとなく付き合ってる雰囲気になってくるし、どっちが言ったとか言わないとかもうなくね? はっきり『好きです、付き合ってください』って言わなきゃ相手に気づいてもらえないような関係性なら、言ったところでオーケーなんてもらえるわけねーんだし」

「…………」

高二の文化祭のときのイッチーを思い出して、微妙な気持ちになった。まあ、あの二人に関しては、今となっては結果オーライなんだけど。

そして俺も……。

「いや俺、実はそれやったんですよ。まだ友達ですらなかった月愛《るな》に告白して……」

「マージーかー」

大げさに唸《うな》って、関家さんは腕組みした。

「そりゃ相当変わってるわ。オッケーした彼女も、イケると思ったお前も」

「いや、俺は罰ゲームで」

「出た、『罰ゲーム』。なんだそれ、漫画かよ」

茶化すように言って、関家さんはフォークの根元を俺に向ける。

「その馴《な》れ初《そ》め、将来子どもとかに言うなよ？　それでイケるんだと思って大人になったら大間違いだからな？　お前ら、相当特殊だから。いろんな意味で」

「言いませんよ」

なんだか恥ずかしくなって、俺は頬をふくらませた。

「じゃあ、関家さんのアンサーは『バレンタインに山名さんからアプローチしてきた』ってことでいいんですね？」

念押しすると、関家さんはちょっと目を逸《そ》らして考える。

「……ん。そうだな」

「今度、山名さんとすり合わせときますから」

すると、関家さんは焦《あせ》ったように俺を見た。

「ちょ、やめろよ。今さらそんな話すんな、悲しいだろーが」

そう言って、自嘲みたいに笑う。

「俺、フラれたんだぜ？　まだ全然普通に傷ついてんだから、これ以上傷口に塩塗んなよ」

関家さんは、いつもうっすらふざけているし、何があってもどこか飄々《ひょうひょう》とした雰囲気をまとっているし、発言のどれが本音なのかわからないこともある。

でも、このとき。

俺は、なんでか直感してしまった。

この言葉だけは、間違いなく彼の本心なんだって。

「……すいません」

小さく頭を下げた俺に、関家さんは涼しい目元で流し目のような視線を送る。その口元がうっすら綻んで。

「山名によろしくな」

つぶやくようにそう言ってから、皿に一口だけ残っていたチョコレートケーキをフォークに刺して、薄い唇の奥へ押し込んだ。

「じゃーな！　今日はサンキュー」

「いえ。こちらこそ奢ってもらって、どうもでした」

「おう。また年末帰ってきたら連絡するから」

関家さんと、そう言って乗り換え駅で別れたあと、俺は一人電車に乗った。

一席おきに空いた座席に座って、ぼんやりと夕方の車窓の風景を眺める。

関家さんとはいつも予備校にいるときに池袋でばかり会っていたから、こうして出かけるのはなんだか新鮮だった。

北海道への見送りを除いたら、水族館やマジカルシーにダブルデートで行ったときくらいだろう。

水族館のときは、みんなでイルカショーを見たりして楽しかったな。

そう考えて、ハッとした。

――イルカ、好きなんですか？

――別に。でも、こっちのがモノトーンでいい感じじゃん。

「イルカ……」

もしかして、そのせいだったのか？

山名さんとの初めてのデートで行った水族館で、イルカショーを見たのが印象的だったから。

「チョコレートも……」

――チョコレート、そんなに好きなんですか？

――そうだな、別に嫌いじゃないけど。……なんか今日はそういう気分だったから。

――だってバレンタインにさ、俺にだけチョコ五つもくれたんだぜ？

そう言ったときの関家さんの、少年のように輝いた瞳を思い出した。

関家さんは、山名さんのことが本当に好きだった。
三、四ヶ月経《た》っても、他の女の子との交際を考えられないくらい。
山名さんとの思い出の象徴を、無意識に手元に集めてしまうくらい。

「…………」

そんなこと、でも、今考えてもしょうがない。

すべて終わったことだ。

山名さんは関家さんではなくニッシーを選んで、自分の選んだ道に満足している。

ただ、ニッシーには思うところがあるようだけど……。

「はぁ……」

どうして、みんなの恋が完璧に思う通りに行かないんだろう。

なんだかせつない気持ちになってしまって、考えるのをやめようと思った。

そうだ、バレンタインといえば……。

代わりに俺は、自分の高三のバレンタインのことを思い出した。

♣

バレンタインは、法応大学文学部の入学試験の前日だった。

共通テストの結果が良くなかった俺は、難関大に入るにはもう一般入試で頑張るしかなかった。過去問対策も個別の大学に絞っていたから、これで予定通りと自分に言い聞かせて最後の勉強に取り組んでいた。

二月に入って、首都圏の難関大学群の一般入試が開始した。

俺は、試験日以外の日は、予備校の自習室には行かずに、自宅で勉強していた。感染症予防のためだ。試験中も、会場ではマスクを外さなかった。

その日も、いつものように自宅の部屋で勉強をしていた。

もう今さらジタバタしても仕方がない。新しいことをやっても不安になるだけなので、何度も繰り返し見た単語帳や暗記ノートを確認して、一度解いた過去問の間違った設問だけを解き直したりしていたときだった。

部屋がノックされて、母に声をかけられた。

「龍斗《りゅうと》、月愛ちゃんが来たわよ？」

「……えっ？」

俺はスマホを確認した。月愛から連絡はない。

時刻は十六時過ぎ。

俺はダサい部屋着の下だけジーンズに穿《は》き替《か》えて、わけもわからず部屋を出た。

「下のエントランスにいるって」

廊下にいた母に言われて、習慣でマスクをつけて自宅を出た俺は、エレベーターでマン

ションの一階に降りた。

「リュート！」

エントランスの椅子に座っていた月愛は、俺を見ると跳ねるように立ち上がった。

月愛もマスクをつけていた。モコモコのコートを着てロングブーツを履いて、手に紙袋を持っていた。

「……ど、どうしたの？」

本当にわからなくて訊《き》くと、月愛は目を細めた。

「バレンタインだから、チョコ届けに来たの」

「あ……！」

言われてみればそうだ。試験日はバレンタインデーの翌日だったのか。

「そっか……」

「はい、これ」

そんな俺の手に押しつけるように、月愛は持っていたシンプルな紙袋を渡してくる。

「ありがと……」

「帰ったら開けてみてね。あ、でも、食べるのは明日試験が終わってからにしてね！」

「えっ、なんで？」

「だって、手作りだから」

月愛はちょっと申し訳なさそうに眉を下げた。

「ちゃんと綺麗《きれい》にして作ったけど、プロじゃないから。もしウィルスやバイ菌がついてて、リュートが風邪引いたり、お腹《なか》壊したりしちゃうといけないと思って」

「月愛……」

そんなことまで気にしてくれるなんて。

「わかった。ありがとう、月愛」

「ううん。こちらこそ、大変なときに顔見せてくれてありがとう」

そう言って、月愛は一歩後ろに下がる。もう帰ってしまうのか……と少し残念に思う気持ちもあった。

「頑張ってね。あたし、ほんとに応援してるから」

「うん……ありがとう」

俺は月愛に向かって手を振る。

「じゃあ……」

そう言って、踵《きびす》を返《かえ》しかけたときだった。一旦エントランスのドアに近づきかけた月愛が、「あ！」と言ってこちらに戻ってきた。

「……？」

目の前に立った月愛《るな》が、俺の手を取って、こちらに大きく背伸びをする。

月愛の顔が近づいてきて、不織布《ふしょくふ》マスクのガサッとした肌触りを唇に感じた。

「…………」

マスク越しのキスだった。

咄嗟《とっさ》の出来事に呆気《あっけ》に取《と》られていると、エントランスの方に歩き出した月愛は、振り返ってぎゅっと目を細めた。

「ケントーを祈るっ！」

応援団みたいな威勢のいい声を出して、月愛は手をヒラヒラさせながら去っていった。

紙袋を持って家に帰った俺は、とりあえず自室でそれを開けてみた。

丸いチョコレートケーキに、白いペンで文字が書いてあった。

がんばれ
だいすき♡

「……」

顔が熱くなるのを感じた。

不用意に冷蔵庫に向かわなくてよかった。これは目立たない場所に入れなければいけないやつだ。

「月愛……」

無性に月愛が愛おしくなって、俺は月愛の言いつけを破って、チョコレートケーキを一口つまみ取って食べた。

甘い。

なんだか急に、頭の巡りがよくなってきた気がした。糖分を摂取したおかげかもしれない。

この機を逃すまいと、母親の目を盗んでコソコソ冷蔵庫に向かった俺は、自室に戻って最後の受験勉強に精を出した。


受験の手応えは、なんともいえなかった。試験が終わった直後は「受かったかも」と思ったけど、時間が経つにつれてどんどん不安になってきた。

法応の結果の前に、その他の大学の合否が出た。受かったところもあるし、落ちたところもあった。両親と相談して、念のため一校にだけ入学金を納めて、法応の合格発表を待った。

法応大の発表は、入試日の九日後だった。こんなに長い九日間は、未《いま》だかつてなかった。まるで生きた心地のしない一週間ちょっとだった。

合否は、朝十時にオンラインで発表された。

日付が変わって当日になると、いてもたってもいられなくて、駅前の喫茶店で月愛と一緒に合格発表を見ることにした。

壁に面したカウンター席で、一口も飲んでいないコーヒーを前に、月愛と並んだ俺はスマホを手にして固唾を呑《の》んだ。

大学のホームページに行って、マイページにログインすると、自分が受けた学部の受験情報が出てくる。合格発表の時間になると、そこに「確認」のボタンが出てくるので、押したら自分の合否がわかる仕組みだ。

「……ごめん、やっぱり無理だ。月愛が押して……」

十時を過ぎて、結果が見られるようになっても、俺はなかなかそのボタンを押すことができなかった。

「えっ、あたし⁉」

スマホを押しつけられて、月愛が焦《あせ》った顔をした。

「うん……俺より月愛のが運良さそうだし」

もう結果は決まっているのだし、自分の実力による合否に運もへったくれもない気はするが、少しでも縁起がいい方にあやかりたい気がしてしまう。

「わ、わかった……じゃあ……押すよ？」

「えっ、もう⁉」

「えっ、ダメなの……⁉」

「待って、心の準備が……！」

そんなやりとりを、それからも幾度か繰り返したあと。

「も──押すから！　リュートは絶対受かってるし。えいっ！」

月愛がヤケになったように言って、大きなアクションで俺のスマホをタップした。

ローディングが終わったらしく、画面を見る月愛の表情が変わった。

「……！」

その目が大きく見開かれ、瞳に涙が盛り上がった。

「え、ちょっ、どっち⁉　見せて……！」

何も言わずに泣き出した月愛を見て、俺は不合格を覚悟してスマホ画面を見た。

だから、そこに大きく書いてあった「合格」の文字が、一瞬信じられなかった。

「えっ……」

「……リュートぉ……おめでとぉ……」

涙を流し続けたまま、喉の奥から声を絞り出すように、月愛が言った。

「いっぱい頑張ったもんね……すごいね……えらいよ……」

泣きじゃくりながらの月愛の言葉を聞いていたら、胸がじんとして俺まで泣きそうになってきた。

「……月愛のおかげだよ……」

月愛の支えがあったから、俺はここまで来られたんだ。

そんな俺を、月愛は潤んだ瞳でじっと見つめた。

「……ほんと？　あたしがボタン押したおかげかな？」

「うん。俺が押してたら、きっと不合格だったよ」

月愛がふざけたように訊くので、俺もふざけて答えた。そして、真面目な顔になって言った。

「……ありがとう、月愛。ずっと俺の傍《そば》にいてくれて」

月愛の瞳に、再び涙がせり上がってきた。

そんな彼女が愛おしくてたまらなくて。

出勤前の社会人が多い朝の喫茶店で、俺は月愛をそっと抱きしめた。

「大好きだよ」

感極まって、普段では恥ずかしくて言えないようなことを耳元で囁《ささや》いた。

「あたしも」

身体《からだ》を離して見た月愛は、再び両目から涙を溢《あふ》れさせていた。

そして、俺に微笑《ほほえ》みかけながら、咽《むせ》ぶように言った。

「ほんとに……、ほんとにおめでとう、リュート……！」

ついに春が来た。

そして、月愛との春も……きっと訪れるに違いないと思っていた。

卒業式で月愛とリボンとネクタイを交換し、俺たちは二度と学生服を着ることのない身分になった。

卒業式の数日後に、ホワイトデーがやってきた。

映画を見て夕飯を食べようとか、期間限定のドリンクを飲みにカフェに行こうとか、そんなことを相談しながら迎えた三月十四日。

昼前、支度を終えて家を出る時間を待っていたら、月愛から電話がかかってきた。

「ねえ、リュート。どうしよう。朝から美鈴《みすず》さんが『お腹が痛い』って言ってて……さっき出血までしてきちゃったの。まだ七ヶ月なのに」

「えっ？」

　そんなことを言われても、俺には何がなんだかわからなかった。

　昨年、妊娠がわかったことをきっかけに、美鈴さんは白河《しらかわ》家で月愛たちと暮らすようになっていた。美鈴さんとすっかり仲良くなった月愛は、妊娠の経過なんかを、俺にもこと細かに説明してくれたけど、女性の身体のことも、生殖の神秘もよく知らない俺には、正直ちんぷんかんぷんだった。

「病院に電話したら、『今すぐ来てください！』って怒られて。おとーさん仕事中だし、おばあちゃんも、用事中断してこれから帰るって言ってるけど、今家にあたししかいないの。美鈴さんと一緒にタクシー乗って、病院についてってあげてもいいかな？」

「ああ、うん……」

「ごめんね。デートの予定だったのに」

「大丈夫だよ」

　そういうことなら仕方ない。赤ちゃんの命にかかわるかもしれない事態ならなおさらだ。

　そうして、月愛は美鈴さんを病院に連れて行った。

病院にいる月愛からは、適宜報告が入った。

美鈴さんは「切迫早産」で、緊急入院になったこと。月愛は一旦家に戻って、美鈴さんの入院用の荷物をまとめて持って行ってあげることになったこと、お父さんやおばあさんへの事情説明に追われていること……。

すべてのタスクを一通り終えて、月愛が帰宅できた頃には、もう二十一時近くになっていた。

それを見計らって、俺は白河家を訪ねた。

「……これ、ホワイトデーのプレゼント」

家の玄関の前で、出てきた月愛に紙袋を渡した。今日のデートで渡そうと思っていた、チョコレート菓子のプレゼントだ。

「消え物じゃないプレゼントは、今日一緒に選んであげられたらと思ってて、お菓子だけなんだけど……」

「うわぁ、ありがと、嬉《うれ》しい！　そういえば今日、朝ご飯しかちゃんと食べてないや」

声は元気だったが、月愛はさすがに疲れた顔をしていた。目の周りの化粧がよれて落ちているのが、玄関灯《とう》のぼんやりした光の下でもわかった。いつもオシャレな月愛が、自分の見た目に気を遣う余裕もない時間を過ごしていたことの表れだった。

「……家、上がってく？　おばあちゃんいるけど」

「いや、いいよ。月愛《るな》も今日は疲れたでしょ。ゆっくり休んで」

「うん……ありがと……」

月愛はホッとしたように微笑んだ。

「今度、埋め合わせさせてくれる？」

「ありがとう。いつでもいいからね」

そう言って、俺は月愛の家を辞した。


その日から、月愛の生活はにわかに慌ただしくなった。

美鈴さんは数日で退院し、代わりに「食事・トイレ以外で起き上がること禁止」の「絶対安静」を命じられた。期間は、臨月を迎えるまでの数ヶ月間。

月愛は、起き上がれない美鈴さんの分も家事をやって、入浴できない彼女のためにドライシャンプーや清拭《せいしき》をしてあげるなどのお世話を進んで請け負った。

俺と会っていても「そろそろ美鈴さんにご飯作ってあげないと！」と途中で帰ることもあった。

そんな中で、俺は大学生になり。

月愛は社会人になった。

俺たちは、それぞれの春を迎えた。

♣

最近、よく高三のときのことを振り返っているなと思う。

月愛と付き合い始めて、すべてが輝いて見えた高二のときと違って、高三の一年間は、正直あまりいい記憶がない。

高すぎる目標に向かって進み、何度も挫折して、報われるかどうかもわからぬまま勉強しなくてはならない日々に、気持ちが腐りかけたこともあった。

けれども、そんな俺の心が稀《まれ》に宝石のように煌《きら》めくとき、傍にはいつも月愛がいてくれた。

真夏の太陽のように燃える瞳で、せつなげに俺を欲しがってくれた彼女。

秋空の下で、黒瀬《くろせ》さんと、弾《はじ》けるような笑顔でお母さんに手を振っていた彼女。

自分の気持ちを押し殺して、ひたすら笑顔で俺を支えてくれた、耐え忍ぶ冬の彼女。

桜咲いた俺を、歓喜に咽び泣きながら祝福してくれ、新たな自分の人生を歩み出した彼女。

すべて過ぎ去った日々の思い出だけれど、すべての月愛が、今の月愛の中に存在する。

俺の記憶の中にも存在する。

そして、過去のどの月愛よりも。

今、目の前で笑う月愛が、美しくて愛おしい。

「リュートー、早くおいでー！」

コバルトブルーの水際《みずぎわ》で手を振る月愛を見て、俺はそう思った。

そう、俺たちは今、待ち焦がれた沖縄の地にいる——。

第五章

沖縄に着いたのは、朝の十時前だった。格安のパックツアーで申し込んだら、朝の七時発の飛行機になってしまって、俺と月愛は眠い目を擦りながら始発で成田《なりた》に向かった。飛行機で少し寝て、那覇空港に到着してから予約してあったレンタカーを借り、俺の運転で沖縄観光に繰り出した。

「うわ、サイコー！　海めっちゃ綺麗《きれい》ー！」

最初に向かったのは、ウミカジテラスという場所だ。那覇空港からほど近い、瀬長島《せながじま》という小さな島にあるリゾートモールだ。

モールの階段を上る途中、振り返って海の方を見た月愛が歓声を上げた。

「すごーい！　外国みたい！」

ウミカジテラスは屋外のモールで、海に向かって丸く張り出した道路に沿って、白を基調にした店舗群が傾斜を描きながら上へ向かって並んでいる。ガイドブックに「日本のアマルフィ」と書かれていたが、青い海を前に白い建物が階段状に並ぶ様は、確かに地中海リゾートのようなイメージだ。

「ここめっちゃ楽しみにしてたんだー！　想像以上だよー！」

月愛はテンションが上がって、自撮りの手が止まらない。

「うわ、加工してないのにこれ⁉　ヤバッ！」

八月下旬のよく晴れた日だったから、沖縄の海は、ガイドブックの写真通りのコバルトブルーだった。

陽が照りつけて暑いけれども、絶えずそよぐ海風が、肌の上の汗を乾かしてくれて気持ちがいい。

「リュートも一緒に撮ろ♡」

月愛に手招きされて、海をバックに二人で自撮り撮影をした。

遠浅の海は、白い砂浜から少しずつグラデーションを描いて、濃い藍色が空の水色と混じり合う。

潮風と共に、月愛から漂う香気が鼻腔《びこう》をくすぐる。髪の香りと、香水の匂い。

久しぶりに、高校時代のような胸の高鳴りを感じた。

だって、今宵《こよい》きっと俺たちは……。

「あっ、ネコ！」

　近くにいた観光客の誰かが叫んで、俺たちは「えっ？」と声の方を見た。

　一匹のキジトラが、店舗の前のテラススペースに寝そべっていた。

　ウミカジテラスは、店舗が段々畑のように斜面に建っているので日当たりがいい。南国の午前中に差す爽やかな日差しを浴びて、キジトラは気持ちよさそうに身体《からだ》を伸ばして目を閉じていた。

「わぁ、可愛《かわい》い！」

　ネコ好きの月愛が近づいて、その傍《そば》にしゃがんだ。

　人馴れしている個体らしく、キジトラは片目を開けてチラと月愛を確認したが、鬱陶しそうに再び目を閉じた。

「いい子だね～」

　その背中を、毛並みに沿って月愛がそっと撫《な》でる。白い華奢《きゃしゃ》な手がしなるように動いて、その小さな生き物の身体を優しく愛撫《あいぶ》した。

　それを見ていたら、なんだかちょっと、ムラッとしてしまった。

　俺もあんなふうに撫でられたい……撫でてくれるんだろうか……。

「ねぇねぇ、リュートも撫でてみなよ！　とってもいい子だよ！」

月愛に話しかけられて、ハッとした。

「えっ⁉」

すると、急な大声に、キジトラがビクッと起き上がった。

「あ～……」

テラスから走り去ってしまったキジトラの後ろ姿を見送って、月愛が残念そうな声を上げる。

「行っちゃった……」

「えっ⁉」

イッちゃった⁉　いや、さすがにこんなところでは……と考えて、自分の脳みそがエロに支配されすぎていることに気づいた。

恥ずかしい。

中学生か、俺は……。

「……リュート？」

ふと見ると、立ち上がった月愛が、怪訝《けげん》な顔で俺の顔をのぞき込んでいた。

「うわっ⁉」

思わぬ接近に取り乱してしまう。

「……どしたの？」

「なっ、なんでもないよっ！」

うろたえつつ答えて、何事もなかったかのように歩き出そうとする。

「お腹《なか》空いたよね！　なんか食べようか！」

「そだね！　わー、どれにしよ〜！」

途端に月愛は目を輝かせて、俺に先立って歩き出した。

白い通路を、南国の観葉植物と抜けるような青空を背景に進む、月愛の後ろ姿。

デニムのショートパンツから伸びた長い脚を見つめて、俺は逸《はや》る心臓にそっと手をやった。

平常心、平常心……。

月愛と俺は、ウミカジテラスのいろいろな店舗を回って食べ歩きをした。

「わっ、チーズ伸びすぎ〜！」

「さすが『のび〜るチーズサーターアンダギー』」

「死ぬほど伸びる〜！　撮って撮ってー！」

「いちごのスムージーだって！　めっちゃ美味しそ〜！」

「飲むしかないね」

「それな♡　あたしアイス載ってるやつにしよ〜っと！」

「ジェラートうまー！　紅芋ミルクはどう？」

「うん、美味《おい》しいよ」

「あたしのマンゴーミルクも美味しーよっ♡　食べる？」

「月愛《るな》のマンゴーミルク……」

「あっ、なんかエッチなこと考えてない？」

「かっ、考えてないよっ！」

「ふふっ、そうかなー？」

邪《よこしま》な俺の脳内が、月愛に少しバレてしまったりもしたが。

潮風を感じながら、青い海とリゾートモールを思う存分満喫して、俺たちは車に戻った。

続いて向かったのは、国際通り。

「沖縄といえば」の観光地なので、ここはぜひ行かなければならないだろう。

「すご！　人多いねー！」

「夏休みだからね」

「で、ここって何するとこ？」

「えっ？　ご飯食べたり、お土産見たり……？」

「でも、お腹いっぱいだよね」

「着いたばっかりで、お土産買うのもね……」

ヤシの木が道の両側に並んだ大通りを、様々なお店が立ち並ぶのを見ながら歩くのは南国っぽくて楽しかったけど、人も多いし、なんとなく目的を見つけられず、そこら辺を流し歩いて駐車場に戻った。

その次に向かったのは、美浜《みはま》タウンリゾートアメリカンビレッジという場所だ。俺たちは本島の中部にあるホテルを取っていたので、南部にある空港から北上する途中にある観光地ということで立ち寄った。国際通りからは、少し渋滞があっても一時間もかからなかった。

美浜タウンリゾートアメリカンビレッジは、アメリカ西海岸の街並みをイメージしたショッピングエリアらしい。北谷町《ちゃたんちょう》という沖縄本島の西側の海に面した土地にあり、俺たちが到着した十六時過ぎには、傾いた太陽が海上に浮かんでいた。

「うわぁ、素敵！」

ヤシの木が立ち並んだ海沿いの通りを歩きながら、月愛が辺りを見渡して叫んだ。

水平線からもくもくと立ち昇る雲の中に夕陽《ゆうひ》を抱えた海は、ウミカジテラスで見たよりも薄い水色で、陽の光を反射する雲がほんのりピンク色に光るのと合わせて、パステルカラーな色合いがファンシーだった。

街の方を振り返れば、赤や黄色や緑など鮮やかな原色で彩《いろど》られたアメリカンな建物が、ヤシの木の間から顔を出している。

そんな異国情緒な風景の中を、二人で手を繋《つな》いでしばらくぶらぶらしたあと、俺たちは海沿いのダイニングカフェのようなお店に入った。

何組かの順番を待って通されたのは、海が見えるウッドデッキのテラス席だった。

「わぁ、めっちゃいい♡」

席に着いて海を見た月愛が、両手を合わせて声を弾ませる。

いよいよ日は低くなり、水平線に近い海が夕陽に照らされて鱗《うろこ》のようにキラキラ光っている。

白いウッドデッキに、白いプラスチックのテーブルを挟んで座っていると、ちょっと真《ま》生《お》さんの海の家「LUNA MARINE」みたいだなと思った。海外によく行く真生さんのことだから、こういうお店をイメージして内装をオーダーしたのかもしれない。

「こんなところでカクテルとか飲めたらサイコーだな～」

「飲んでいいよ」

メニューを見ながらつぶやいた月愛に言ってあげると、月愛は「あっ」と顔を上げた。

「そっか。リュートは飲めないのか。じゃあ、あたしもノンアルでいいや」

「いや、ほんとにいいよ」

「マジ？　じゃあこの可愛いカクテルにしちゃおっかな～」

そうして、俺たちはカクテルとフルーツティーで乾杯した。どちらもガラスのドリンクジャーに入っていて、月愛のは上に山盛りクリームが載った上に、いちごやブルーベリーがトッピングされていた。

「めっかわ～！」

月愛はドリンクの撮影に余念がない。海を背景にしたり、自分の顔と一緒に写したりしている。

「うわ！」

スマホを操作しながら、ふと月愛が声を上げた。

「今日インスタ更新しすぎて、ニコルから苦情きた! 『あたしも沖縄行きたすぎて死ぬんですが⁉』だって」

「……行ったらいいんじゃない？　ニッシーと」

「あはは、そだよね」

俺の言葉に、月愛は屈託なく笑う。

「ニコルが休み取るのが難しいかも？　あたしと違って、一年目だし」

月愛は九月から雇用が切り替わるので、このタイミングで有休消化をすることにしたのだった。本当はもっと休めるけど、他の人のシフトがきつくなるから「さすがに申し訳ない」と三泊四日でやめておくことにした。

「秋から新しいネイリストさん入ったら、連休取れるかもねー」

「そうだね……」

月愛の様子がまったく普通なので、俺はちょっと探りを入れたくなった。

「……山名さん、ニッシーと順調だって？」

「えっ？　うん。そうでしょ？」

月愛はきょとんとした顔になる。

「ニコルから、なんも悩み聞かないもん。相変わらず仲良さそうじゃん？」

「そ、そっか……そうだよね」

やっぱり、今の関係を不満に思っているのはニッシーだけのようだ。

そうして、俺たちは世間話などをしながら、夕陽の中で夕飯を食べた。今日は朝から軽食や食べ歩きで済ませていたので、食事らしい食事は初めてだ。

料理のオーダーは、月愛リクエストのサラダと、アメリカンなサーロインステーキ。

それらを平らげる頃、夏の日はようやく宵を迎えた。

「うわぁ、綺麗《きれい》……」

線香花火の芯のような灼熱《しゃくねつ》色の球体が、鈍色の水平線にじりじりと削り取られていき
……そして、ついに姿を消す。

茜色《あかねいろ》の放射を受け止めていた全天が、その瞬間に色を失った。

「……沈んじゃった」

月愛が、俺を見て少しさびしそうに笑った。

「最後、綺麗だったね」

「うん。……リュートと見れてよかった」

月愛はそう言って、ほうっとため息をついた。

ふと、俺は高二の修学旅行のときのことを思い出した。

――あたしたち、どんな大人になっても……。こうやって……素敵なものを見るとき、いつも一緒にいられるといいね。

あの頃の気持ちを、月愛がまだ変わらず持ってくれていることに胸が熱くなった。

「ずっと一緒にいたいなぁ……」

しみじみと、月愛がつぶやいた。太陽が去っていった海を見つめて、その大きな目を細める。

「遠い将来、この夕陽を一人で見る日が来るのかなって考えただけで……泣けてきちゃう」

そう言う瞳が、水面のように揺れた。

「リュートを失いたくない……永遠に……」

俺は、いちご狩りのときの月愛の言葉を思い出した。

――リュートが先に死んじゃったら、残りの人生あたしがさびしいじゃん。

――あたしたち、二人で百まで生きよ？

――そんで、来世でも一緒になろーね？

「月愛……」

すると、月愛は俺を見て、取り繕うように笑う。

「あは、ごめん。また重いこと言っちゃった、あたし……」

そっと口元を綻ばせ、月愛は明るい笑顔を見せる。

「でも、またできたね。初めてのこと。……二人で、初沖縄」

「……うん」

「あたし、彼氏とお泊まり旅行するの初めてだよ。……あ、江ノ島をカウントするなら、二回目かな？」

「まぁ、あれはアクシデントだったからね」

月愛は、今でも俺との「初めて」にこだわってくれる。

それは、きっと……。

——まだどんな人かもよくわからない人の『好き』を信じて、自分のすべてを捧《ささ》げちゃったこと……後悔してる。今でも。ずっと。

——この後悔が消えることは……たぶん一生ない。

この前、黒瀬《くろせ》さんに語っていたような思いが、月愛の心にあるからだ。

月愛が俺のことを大事に思ってくれるのは嬉《うれ》しい。

でも……。

そろそろ、月愛を、その思いから解放してあげたいと思った。

「……初めてじゃなくても、もういいんだよ」

俺の言葉に、月愛はハッとした顔でこちらを見た。

「ここに月愛《るな》と来られたことが……こうして一緒にいられることが、俺は……嬉しいから」

海の色は、刻一刻と濃さを増していく。朝のコバルトブルーの面影はもうどこにもない。

いつまでも変わらずに存在するものなんて、この世には何もない。

もし月愛にとって俺が初めての男だったとしても、十年後、二十年後の俺はきっともう、そんなことに喜びを感じてはいないだろうから。

「もう、何も気にしないでほしい。過去のことも。先すぎる未来のことも……」

月愛が俺を見ているのがわかったが、俺は、つけ合わせのフライドポテトだけが数本残ったステーキ皿を見て言った。

「俺は、今日……ここで死んだって……幸せだから。……月愛と、一緒にいられたから」

さすがに今死んだら、初体験できなかった後悔で成仏《じょうぶつ》できず、沖縄の海をさまよう正真正銘の「童貞妖怪」になりそうな気がするけど。

そんなことを考えたら少し笑ってしまって、俺はわずかに微笑《ほほえ》んで月愛を見た。

月愛は泣きそうな顔で俺を見つめていた。

これはなんの偶然なんだろうか。

──白河《しらかわ》さんは、卒業したらどうするの？

──うーん……あたしね、今ちょっと抜け殻なんだ。あたしの高校時代の目標、もう叶《かな》っちゃったから。

──どんな目標？

──「ずっと一緒にいられると思う人と、両想《おも》いになること」

四年前、同じように斜陽の海辺で、未来について話した月愛に。

あのときの「LUNA MARINE」と似た雰囲気のお店で、俺がこんなことを言うなんて。

「これからは……二人でいられる『今』を大事にしよう」

人を好きになるって厄介だ。

この人しかいないと思って、その人と心が通じ合って……それはとても素晴らしいことなのに。

大切すぎる存在だからこそ。

この人がいなくなったらどうしよう。もしも、突然この世を去ってしまったら……。今度は、そんな不安が頭をもたげる。

生きている限り、不安に終わりはないのかもしれない。

でも、そんな不安に押し潰されて、今の輝きがくすんでしまうのはもったいないから。

「リュート……」

月愛は、涙の溜《た》まった瞳が決壊しないように、そっと微笑んだ。

「そうだね」

心のこもった声で、そう囁《ささや》いて。

「あたし、スポーツカーだもんね」

たったそれだけで、俺たち二人だけには、その言葉の意味がわかる。

——今を生きる。生きるために、あたしは生きる。今までそうしてきたみたいに。

十七歳の月愛の声が、俺の頭の中にこだまする。

「うん、そうだね」

それは、俺たち二人の間に積み上げてきた時間が存在するからだ。

今の二人の中には、今までの二人のすべてがある。

そして、今の二人を大切にすることは、これから先の二人を大切にすることでもあるんだ。

だから、たとえ百まで生きられなくても。

来世なんて存在しなくても。

いつか離れ離れになる日が来たって。


永遠は、きっと「今」の俺たちの中にある。

◇

そうして食事を終えて、俺たちはすっかり暗くなってネオンが光り出したアメリカンビレッジを後にした。

「……ヤバ、ねっむ……」

カーナビに目的のホテルをセットして、車を走らせてから。五分も経《た》たないうちに助手席の月愛がそんな声を上げた。

「俺も……」

ホテルまでは、渋滞がなければ三十分ほどで着く予定らしいけれども。ハンドルを握って、スムーズに走行するハイブリッド車の振動に身を委ね始めた瞬間「まずい」と思った。

「……ちょっとヤバい。月愛が寝たら、俺も寝るかも……」

「えっ、マジやめて⁉」

俺の不穏な発言に、月愛が血相を変える。

「さっき言ったのがフラグになっちゃう〜！　『今日ここで死んだって』ってやつ！」

「そんなフラグは回収したくない！」

「待っててねリュート、今あたし頑張って目覚ますから……」

「って、寝てるし！」

「わーん！　許されなかった！」

月愛はよく喋《しゃべ》るが、その目はもうほとんど開いていない。

俺も目を閉じたらいつでも爆睡できると思うけど、眠気の限界を超えて、二人とも妙にハイテンションになっていた。

「えーん、眠いっ！　だって今朝三時起きだったんだよ⁉」

「俺もだよ……最近いつも寝るの二時くらいだから、寝つき悪くてあんま眠れなかったし」

「うちら何時間起きてるの、ヤバくない⁉」

「飛行機の中でちょっと寝たとはいえ……」

「どうする？　どっかコンビニの駐車場とかで仮眠とる？」

「うーん、それもなぁ……」

三十分くらいで目覚められればいいけど、この疲れ具合だともっと寝込んでしまう気がする。できたらホテルで月愛と……という欲望もあるし、俺は必死に己を奮い立たせてハンドルを握った。

「チェックイン予定時間も過ぎちゃうし、このまま頑張ろう、月愛」

「えーん、眠いよぉ〜カクテルなんて飲むんじゃなかった〜」

「とりあえずコンビニで栄養ドリンクかコーヒー買おうか……」

「あとガムも〜！」

そんなこんなで、なんとか居眠り運転だけは免《まぬが》れて、予約したホテルに到着した。

「着いた……」

意識が朦朧《もうろう》としすぎて、チェックイン時のホテルの人の説明も、ほとんど頭を素通りしていた。

自室のドアを開けると、俺と月愛は荷物を放り出して、二台並んだベッドに倒れ込んだ。

そして、なんとそのまま朝まで寝てしまった。

◇

「リュートー！」

濡《ぬ》れた手で頬を撫《な》でられる感触がして、俺は目を開けた。

月愛の豊かな胸の肌色が目に飛び込んできて、俺は一気に目を覚ます。

「うわぁっ⁉」

朝の光が溢《あふ》れる、明るい部屋にいた。隙間なく並べられたツインベッドの片側に、俺は横たわっていた。

月愛は水着姿だった。水に入って濡れているのか、腰にはバスタオルを巻いている。

「人魚かと思った……」

「えーなにそれ、褒めてる？」

月愛が照れたように微笑んで、バスタオルを取った。その頬に添えられた指の爪には、水着のボトムスと同じ南国の植物っぽい柄が描かれている。山名さんの力作らしい。

「晴れてるし、プールめっちゃ気持ちいいよ！」

そう言うと、月愛は窓から部屋を出た。部屋の外は中庭になっていて、プールへ直行できるみたいだ。宿泊者の部屋は、プールを取り囲むように配置された二階建ての建物にある。それほど大きくないホテルならではの構造だろう。

「リュートも早くおいでよー！」

コバルトブルーのプールを背にして、月愛がこちらに手を振る。辺りに植えられている亜熱帯植物の葉が、その動きと合わせるように風にそよいだ。

「ま、待って……！」

寝起きだし、昨日シャワーも浴びていないし、何も準備ができていない俺は慌てる。

「…………」

昨日あんな話をしていたからか、少し不安な夢を見てしまった気がする。月愛がいなくなるような……。

でも、現実では、彼女はこうして俺の目の前で微笑んでいる。

過去の月愛も、未来の月愛も、今ここにいる月愛の中にある。

そして。

「くそぉ……」

今夜こそ、俺は彼女と結ばれる。

◇

朝の六時台からプールで小一時間ほど遊んだ俺たちは、ホテルのレストランでビュッフェ式の朝食をとって、部屋に戻って支度をしてからホテルを出発した。

今日は、ホテルから一時間ほどドライブして、美ら海《ちゅ》水族館に行く予定だった。

本島中部の道は、南西部と違って流れが良く、朝のドライブは気持ち良かった……のだが。

もう少しで水族館だというところで、いきなり車が増えて、進みが悪くなった。

「完全に、『美ら海』渋滞だな……」

水族館は八時半から営業しているので、九時台の今は、入館のピークなのかもしれない。

「出遅れたか～……あたし五時から起きてたのに、油断したぁ」

月愛《るな》が「あちゃー」顔で、ドリンクホルダーに立てていたカフェラテを飲んだ。

そんな、多少停滞した空気の中で。

「……昨日、さ……」

月愛が、ちょっと気まずそうに口を開いた。

「リュートも……すぐ寝ちゃった？」

「え？　うん……」

ベッドに倒れ込んでからの記憶が本当にない。寝不足で飛行機に乗ったり車を運転したりした疲れもあったかもしれないけど、ギンギンで一睡もできなかった江ノ島での一夜のことを考えたら、俺も歳《とし》を取ってしまったのかもしれない。

「そ、そっか……。なら、よかった……？　けど」

そう言うと、月愛はわずかに頰を染める。

「今夜は、早めにホテル帰ろー……ね？」

上目遣いで、月愛が言った。

「……！」

車は進んでいないので、俺は月愛の方に顔を向けたまま、内心の動揺で視線をさまよわせる。

「う、うん……」

痰《たん》がからんだような、変な声が出てしまった。

「そ、そうだね……」

がっついてると思われたくないので落ち着いたフリをしているが、心臓はバクバクだ。

冷房のために閉め切った車内で、こんなに近い距離にいたら、俺の動揺はすぐに伝わってしまいそうで焦《あせ》る。

「……あ、動いた」

前の車が急に大きく進んで、俺は慌ててブレーキペダルを離した。

そうして、さりげなく横目で助手席をうかがうと。

「………」

何を思っているのか、月愛の横顔の頬はほんのりピンク色に上気していた。

美ら海水族館は、海に臨む高台の水族館だった。三階の入り口から入って様々な水槽を見ながら下っていくと、一階の出口を出たときに目の前に海が広がる構造になっている。

入館して順路通りに進むと、最初は熱帯魚やサンゴ礁など沖縄っぽい水槽が並んでいた。

そんな中で、小さな子どもたちが群がる、背の低い丸い水槽が現れた。

「あっ、チンアナゴ！」

月愛が子どもみたいに目を輝かせて近寄って、子どもたちの後ろから水槽を観察する。

「チンアナゴだけの水槽って珍しいね」

「ね〜可愛《かわい》い〜〜」

中にいるのは、オレンジと白の縞《しま》々の、いわゆる「チンアナゴ」のイメージのものの他に、白っぽい身体《からだ》に黒い斑点が入ってるものもいる。

身体をまっすぐ伸ばしてゆらゆら揺れているものもいれば、すばやく頭を動かして周囲を警戒するもの、白い砂の中を出入りしているものなど、同じチンアナゴでも個体によって行動に差があって、見ていて飽きない。子どもにも人気のわけだ。

「わ〜……」

すると、そんなチンアナゴたちを眺めていた月愛が、うっとりと目を細めてつぶやいた。

「出たり入ったりして……気持ちよさそう」

「……えっ？」

その感想に何か違和感を覚え、俺は彼女に訊《き》き返す。

「あっ……！」

何かに気づいて、月愛の顔はたちまち真っ赤に染まる。

「ち、違うのっ！　ほらっ、海の中で……のびのびしてて、ね……っ！」

「う、うん、わかってるよ……」

辺りは子どもだらけだし、俺もあまりツッコみたくない。いや、突っ込みたいけど……ってこれも下ネタだ。ダメだ。頭がエロに侵されている。

「もうっ、リュートのばか！」

「いや、自分で言ったんじゃん……」

「だって、そう思っちゃったんだもん……！」

月愛は真っ赤になりながら、俺の手を取って歩き出す。

手が熱い。

俺は旅行前日、再び山名さんのお店でネイルケアを受けた。準備はバッチリだ。

頭の中はもう今夜のことでいっぱいだったけど、素知らぬふりをして、月愛と順路を進んだ。

そこで現れたのは、サメのコーナーだった。水槽の近くには、サメの人工子宮による孵《ふ》化《か》についてのパネルが壁に貼られていて、育成中の赤ちゃんがのぞける窓もついていた。

なんとなくそれを読んでいると、俺たちの隣に小学校中学年くらいの男の子が来た。立ち止まって、人工子宮のパネルを見上げている。

「ねーねー、パパー！　『こみや』って何？」

「……！」

俺と月愛は、思わず顔を見合わせた。

「えー？　えーっとねぇ……」

後ろから近づいてきたお父さんは、涼しげな顔でパネルの文字に目を通し、子どもに説明を始める。

「『しきゅう』ね。お母さんのお腹《なか》にある、赤ちゃんを育てる部屋のことだよ。人工子宮は、それを人間が再現して作ったんだね」

「ふーん、そうなんだぁー」

子どもは気のない返事をして「あっ、魚！」と別の水槽へ走っていってしまった。

「…………」

「…………」

俺と月愛だけが、モジモジとパネルの前で佇《たたず》んでいた。

水族館ではもう、万事その調子だった。

館内を見終わって、屋外のウミガメ館を見学していたとき。

「あっ、見てよ。あの亀、めっちゃ頭出してる。あんな伸びるんだね」

「えっ⁉」

俺の言葉に、月愛が過剰反応する。

「か、亀の頭って……！　伸びる⁉」

「い、いや違うよ⁉　変な意味じゃないって！」

大慌てで弁解する羽目になった。


最後にお土産を見ていたときも。

「あ、可愛い！　クジラかな？」

青い哺乳類のぬいぐるみを手に取って、月愛が俺に見せる。

「ジンベエザメじゃない？　クジラなら潮吹きの穴がありそう」

すると、月愛が真っ赤になった。

「潮吹き……穴……⁉」

「いや、違うよ⁉」

いくらなんでも、これは月愛が悪くないか⁉

今日の俺たちは、なんだか二人そろって中学生みたいだ。いや、最近の中学生はもっと大人な気がするから、もういっそ小学生か？

◇

そんなこんなで水族館の見学を終え、レストランで軽くお昼を食べて車に戻った。

時刻は午後二時前。

「古宇利島《こうりじま》行く……よね？」

「うん……」

俺たちは、水族館から四十分ほどドライブした先にある古宇利島に行く予定だった。

古宇利島に行くには、古宇利大橋と呼ばれる約二キロの長さの橋を通る。海の上を走る「絶景ロード」として、ガイドブックにも大きく取り上げられていた。

「あ、そろそろだね」

道は空いていて、カーナビの予測通りの時間で古宇利大橋が見えてきた。

「綺麗《きれい》だねー」

左右に海を見ながら走る爽快感は、以前ニッシーの運転で通ったアクアラインを思い出させるが、コバルトブルーの海の色はさすがに沖縄ならではだ。

「素敵ー！」

だが、そう言って車窓を眺める月愛《るな》の横顔は、心ここに在らずという感じだ。

絶景ロードは数分で終わり、俺たちは古宇利島に入った。

「……どうする、月愛？」

「え？」

「車降りる？」

古宇利島には、月愛が好きそうなカフェや、「恋人たちの聖地」と呼ばれるハート形の岩なんかを見られる浜辺もあるみたいだけど。

「うーん……」

月愛は少し考えて、首を振った。

「いいや」

「……そ、そっか……」

俺は、手汗で滑るハンドルを何度も握り直す。

「じゃあ、とりあえず一周して……ホテル帰る？」

俺の問いに、月愛は少し頬を紅潮させて。

「うん……」

と、小さく頷《うなず》いた。

◇

ついにこの時がきた。

ホテルで早めの夕食をとったが、いつもの半分も食べられなかった。昼が近かったせいもあるけど、緊張と興奮で、味も、何を話したかもよく覚えていない。

部屋に帰って、三十分ほどテレビを見た。映像はただ網膜を流れていっただけだ。

「……そろそろ、お風呂《ふろ》入る？」

月愛に尋ねられて、心臓がドキリとした。

「そ、そうだね。先入る……？」

「う、うん。じゃあ……」

月愛はぎこちなく頷いて、バスルームに消えていった。

身の置きどころのない三十分だった。

まだ十九時で、外もうっすら明るい。

「お待たせー……」

遠慮がちに出てきた月愛と交代して、俺もシャワーを浴びた。

そして、いよいよ。

バスルームを出ると、さっきまで開いていた部屋のカーテンが閉まっていた。テレビも消えていた。

月愛はベッドに座って、ストレートになった髪の毛をいじりながらスマホを見ていた。

「……あ、リュート、お帰り……」

月愛が俺を見て、すぐに目を逸《そ》らす。すっぴんだから恥ずかしいのかなと思ったけど、別の理由の方が大きそうな気がする。

「うん……」

なんと言っていいかわからない。世間話するのも違う気がする。

俺たちは、部屋に置いてあったホテルのパジャマを着ていた。胸元にボタンがついた長いポロシャツみたいな、男女兼用のワンピース型のものだ。

俺は、月愛の隣に腰を下ろした。二人の間には、人一人分くらいの微妙な距離がある。

ホテルの部屋は広くも狭くもなく、ベッドと小さなテーブル、椅子が二脚ある。茶色を基調とした家具が配置され、ホテル全体の雰囲気と同じ東南アジアテイストにまとめられたリゾート空間だった。

静かすぎて、天井で回っているファンのかすかな音が聞こえてくる。

「………………」

どうしよう。

なんと言って始めればいいんだろうか……。

おそるおそる横目で月愛の様子をうかがった、そのときだった。

「……っく……………っ……」

月愛が顔に手を当て、泣いているのに気がついた。

「えっ……？」

驚きの声が出た。

「……違うの、ごめん……」

俺を見て、月愛は弁解するように涙を拭う。

「……でも、ちょっと、怖くて」

「えっ？」

何が？　エッチが？

でも月愛は初めてじゃないはずだし……と混乱していると、月愛が続けて口を開く。

「……あたし、ほんとにリュートを失いたくないの」

せつなげに顔を歪《ゆが》めて、月愛は囁《ささや》いた。

「あたし、こんなふうに男の子と付き合うの初めてで……この四年間、ほんとにリュートのことが大好きで……」

話しているうちに新たな涙が盛り上がってきて、俺は慌てて机の上にあるティッシュを一枚取って渡した。

「ありがと……リュートにはこれ以上ないくらい愛されてるって感じがするけど、でも、それも……エッチしてないからだったらどうしようって」

「えぇっ、そんなこと……」

「うん」

割って入ろうとした俺に頷いて、月愛は先を続けた。

「そんなことないって、リュートはそうじゃないって……頭ではわかってるのに……」

「月愛……」

その思いは、過去の交際の記憶から来るものなのだろう。

「そういう気持ちが、心のどこかにずっとあったから……リュートの受験が終わってからも、お互い忙しい中で、軽い気持ちでは『しよう』って言えなかったんだ……」

「月愛……」

　月愛は月愛で、そういう思いでいたのか。

　大学に入ってからの、微妙なすれ違いが続いた日々の気持ちが埋められていくのを感じた。

「でも……あたし、今回はちゃんと決めてきたから」

　ふと、月愛が顔からティッシュを離して俺を見た。その目元はもう濡《ぬ》れていない。代わりに、決意の光が宿っていた。

「リュートと一つになろうって。リュートは、エッチしたからって冷たくなるような人じゃないって信じてるし」

　月愛の言葉が終わらないうちに、俺は大きく頷く。

「うん。……してもしなくても、俺は月愛が好きだよ」

「……うん」

　微笑して頷いた月愛の顔を見たとき、俺の脳裏をふとよぎる光景があった。

　この月愛の表情を、俺は最近見たことがある。

　あれは……そう。黒瀬《くろせ》さんを説得しているときだった。

　──「人を信じる」ってことは……「この人にだったら裏切られてもいい」って覚悟を

決めることだと思う。

――あたし……リュートにならば、裏切られてもいいと思ってる。リュートがあたしを裏切るなら、それは仕方ないことなんだって思える。

「………」

あれは、そういう覚悟だったのか。沖縄で俺と一つになることを決めてくれた月愛は、ひそかに一人で不安と戦い……そして、そんな結論を見出《みいだ》していたのかもしれない。

そう思っていた俺に、ふと月愛が微笑《ほほえ》みかけた。

「だから……今夜は、よろしくね」

ふわっとこちらを包み込んでくれるような、俺の大好きな月愛の笑顔だった。

「月愛……」

全身から愛おしさが込み上げて、俺はそっと月愛を抱き寄せた。

初めて月愛を抱きしめたのは、江ノ島の旅館でのこと。

あのときのあたたかさと、身体《からだ》を駆け巡った興奮は、今でも俺の中にある。

でも、あれから四年経《た》って。

こうしていると、それだけじゃないものが胸に迫ってくる。

それは月愛が、どんなときも、どんな俺でも受け入れてくれたから。

俺に、いろんな顔を見せてくれたから。

新しくできた家族を愛する姿。やっと見つけた夢に向かって、真《ま》っ直《す》ぐに進んでいく姿。

無邪気な顔も、悲しむ顔も。その心のすべてを俺にさらけ出してくれたから。

俺も、月愛を信じている。

心から尊敬している。

過去の月愛も、未来の月愛も大切にしたい。

一緒に過ごせた時間も、過ごせなかった時間も。

この先、一緒にいられるだろう長い時間も、もしかしたらひとりぼっちにさせてしまうかもしれない時間も……。

どんなときでも、俺の心は、ずっと月愛と共にある。

この気持ちにふさわしい言葉を、俺はもうだいぶ前から知っている。

口にはできずにあたためていた、そのセリフを、今こそ言うべきときだと思った。

「月愛」

短く呼んで、俺は月愛の身体を押し倒した。

「……愛……してるよ」

少しぎこちなくなってしまったけど、その目を見つめて告げられた。

「リュート……」

月愛《るな》の瞳が見開かれ、光る雫《しずく》が溢《あふ》れ出《だ》した。

「あたしもだよぉ……」

月愛が両手を俺の首に絡《から》めて、俺の頭を引き寄せてくる。

「愛してる、リュート……」

耳元で囁《ささや》かれた言葉に、脳みそが痺《しび》れた。

「ありがとう。あたし今……もうなにも不安じゃない」

少し顔を離して見つめ合った月愛は、少し目を細めて、幸せそうに微笑んでいた。

「月愛……」

身体と心が、一気に熱くなる。

そのまま本能が求めるままに口づけようと思った、そのときだった。

「………」

月愛の様子に違和感を覚えて、俺は動きを止めた。

月愛は微妙な顔をしていた。たとえるなら、歯に挟まった何かが取れないときのような表情だ。

「……ん？」

そのまま、月愛は首を捻《ひね》る。

「どうしたの？」

俺が訊《き》くと、月愛はハッと俺を見た。

「……ごめん、ちょっとトイレ行っていいかな？」

「えっ？　うん……」

今？　と戸惑いつつ、まあ生理現象だから仕方ないか……とベッドの上でソワソワしながら月愛を待った。

月愛は一旦バスルームに引っ込んでから、一度出てきて、部屋の隅に置いていた自分のカートから何か荷物を取って引っ込んでいった。

「……？」

そして、待つこと数分。

バスルームから出てきた月愛は、意気消沈した顔をしていた。

「……なっちゃった」

「えっ？」

「生理《セーリ》……」

それを聞いて、俺は一瞬言葉を失った。

「……ええっ⁉」

そんな！　よりによって、今⁉

「そ、それって……どういうこと？」

「ん？」

「せ、生理になると……そういうことするのが、無理になるの……？」

女性の身体に無知すぎるので、思わずそんなことを尋ねてしまった。

「うーん……」

月愛は悩ましい顔をしている。

「そんなことはないと思うけど……いろいろ汚れちゃうだろうし、お腹《なか》も痛いし、気持ち的に……ちょっと、あたしは、イヤ、かな……」

せっかく初めてリュートとできて、一生の思い出になると思うのに……と小さくつぶやく。

「……そ、そうか……」

そう答えるまでに、さすがにだいぶ時間を要してしまった。

がっかりなんてもんじゃない。

全身から力が抜けて、塩をかけられたナメクジのようにベッドに溶けていきそうな気分だった。

そんな俺を見て、月愛が焦《あせ》ったように口を開く。

「や、やっぱ、する？」

「えっ？」

「このままだと、あたしたち、どんどん変なカップルになっちゃうし……もう付き合って四年も経つのに……あっ、でも血まみれで初体験ってゆーのも、それはそれで異常かもしれないし……ホテルの人にもメーワクだよね……」

苦悩にもがくように、月愛が両手を頭に当てる。かと思うと、急に両手を膝の上に揃《そろ》えて、しょんぼりと俯《うつむ》いた。

「……リュートとのこと、もうニコル以外の友達には言えなくて……。なんか、誰にも理解されなそうで」

「…………」

それはきっと、そうなんだろうな。俺もイッチーやニッシーに言えてないし。

——お前ら、相当特殊だから。いろんな意味で。

関家《せきや》さんにも、ああ言われてしまったことだし。

「月愛がそれでいいなら、今日することはいいんだけど……」

俺の方は、いつでも準備万端になれるし。……でも。

「月愛がちょっとでもイヤなら、別の機会でもいいし……」

「……ほんとに？　リュートはそれでいいの？」

不安な顔をする月愛に、俺は戸惑いながらも頷《うなず》いた。

「うん……。確かに、恋人ならこうするもの……とか、こうするべき、とか……世間の誰かが言い出した『普通』からは……俺たちの関係って、ちょっと外れてるのかもしれない」

沖縄旅行でもヤらなかったなんて、ますます異常なカップルになってしまうかもしれないけど。

「でも、俺は……俺たちの……世界で一つだけの……月愛と俺の『本物の好き』が見つかればいいと思ってるから……」

「リュート……」

「……久慈林《くじばやし》くんから聞いたんだけど」

そういえば、この話はまだ月愛には言っていなかったと思った。

「俺たちの名前の『月』と『龍』って、どっちも『おぼろげなるもの』って意味があるんだって。だから、二つを合わせた漢字を『朧《おぼろ》』って読むらしいんだけど」

「えっ……そうなの？」

月愛は興味深げに目を見開き、枕元に繋《つな》いであった自身のスマホに手を伸ばした。

「あっ、ほんとだ！『おぼろ』で出てきた！　すごっ！」

そして、スマホから目を上げて俺を見る。

「……でも、あんまいい意味じゃないっぽい？　うちらどっちも、ぼんやりしてるってこと？」

「俺もそう思ったんだけど」

月愛の反応が俺と同じだったので、ちょっと笑ってしまった。

「久慈林くんは言ってくれたんだ。俺たちは、名前の通り『朧《おぼろ》げなるもの』を、共に手繰り寄せている最中なんだろうって」

「『朧げなるもの』って？」

月愛が小首を傾《かし》げる。これも予想通りの反応だ。

「久慈林くんは『それを世間では愛と呼ぶのだろう』って言ってたよ」

「愛……」

月愛は、茫然《ぼうぜん》としたようにつぶやいた。次いで、その瞳に再び涙が盛り上がる。

「そっか……」

その下瞼《まぶた》から、涙が弾《はじ》けた。

泣き笑いみたいな顔で、月愛は俺に抱きついてきた。

「そうだね。こんな関係、愛でしかないね」

胸に月愛のぬくもりを感じる。

それは劣情と共に、世界一優しい気持ちを俺に抱かせてくれる。

「あたしたち、いつの間にか『本物の好き』同士になってたんだね……！」


月愛に告白した日のことを思い出した。

——じゃあさ、もしあたしがリュートとエッチしたくなったら……そのときは、リュートに言えばいいってことだよね？

——そのときって、もしかしたら、うちらの関係がもう「薄っぺらな好き」じゃなくて「本物の好き」になってる頃かもね。

あの日から、四年の月日が流れて。

東京から遠く離れた、沖縄の地で。

俺たちは、かつて求めていたものを……形がなくて、ぼんやりした……けれどもあたたかくて優しいそれを。

いつの間にか、確かに手に入れていたことに気がついた。

◇

その後、俺たちは洋服に着替え直して、二人でホテルのバーに出かけた。

オレンジ色の灯《あか》りが点《とも》るテラス席で、色鮮やかなカクテルを飲みながら、木々の匂いがする生ぬるい夜風に吹かれていると、なんだか本当に東南アジアのリゾート地にいるような気分になる。宿泊客には家族連れが多いせいか、テラス席に他のお客さんはいなかった。

「……やっぱ、病院行ってピルもらっとけばよかったなぁ……」

月愛が、ほうっとため息をついて肩を落とした。

「迷ったの。あたし、生理周期が安定してなくて。早いときは二十五日で来るし、遅いと三十日超えたりするから、なかなか予測しづらいんだよね」

「へ、へぇ……大変だね……」

「最近遅いことのが多かったから、今回の旅行は大丈夫だと思ってたんだけどなぁ……。こんなときに限って、二十五日で来るなんて」

なんとコメントしていいかわからず、俺は黙って聞いているしかない。俺が飲んでいる泡盛のカクテルは度数が強くて、少し頭がぼうっとしていた。

「高校のとき、仲良い女子五人でプール行ったことあったんだけど、みんなの予定が全然合わなくて困ったな。誰かしらの期間と重なっちゃうのはしょーがないけど、さすがに二日目とかだとテンション下がるしね？」

ね？　と言われましても……と、俺は苦笑いで視線を逸《そ》らす。

「女の子って大変なんだよ。たまたま女の身体《からだ》に生まれちゃったから、みんな当たり前な顔して過ごしてるけどさ」

そういう生理的な現象という意味では、男にだって大変なことはいろいろあるんだけど。たぶん苦労の質が異なるし、今言い返すみたいに口を挟むのは違うなと思って、黙って聞いていた。

「でも……」

そう言うと、月愛《るな》は微笑《ほほえ》んで俯いた。まるで妊婦さんみたいに、自分のお腹を優しくさする。

「いつか大切な人との間にできる、大事な命を育ててくれる場所だから……。そのために必要なことだって考えたら、大変なこと含めて、自分の身体を大事にしないといけないなって思うんだ」

「月愛……」

「リュートと好き同士になって……リュートがあたしとの未来を真剣に考えてくれるから、あたしも、そう思うことができるようになったんだよ」

俺を見つめて、月愛が微笑む。その瞳が、夜景のようにキラッと煌《きら》めく。

高台にあるホテルの二階からは、街の明かりが一望できて美しい。新宿の夜景がシャンデリアのような眩《まばゆ》さなら、ここの夜景には夜空の星明かりのような優しさを感じる。

「あたしの心も身体もあたしのもので、あたしがしたくないことは断ってもいい……そんな当たり前のことが、リュートと付き合う前のあたしにはわかってなかった……」

夜景を見つめる月愛は、表情を曇らせ、眉間にわずかな皺《しわ》を寄せた。

「っていうか、女の子がそーゆーことに対する……意思？　ケッテー権？　を持ってもいいって、ガイネンがなかったのかも」

そう言って、自分で納得したみたいに小さく頷く。そして、俺にはにかむような笑顔を向けた。

「ありがと、リュート。あたしに、自分を大切にする方法を教えてくれて」

心から幸せそうに、月愛は微笑んだ。

「リュートと付き合うようになってから、あたし、自分のことが前より好きになれた気がする」

胸に手を当てて、月愛は微笑んだ。

「こんな素敵な人に好きになってもらえたあたしは素晴らしいんだって、今のあたしは、心から思える」

「……そっか」

それだけ聞ければ、今回はもう充分な気がした。

「……じゃあ、部屋に帰ってもう寝ようか」

時刻は、いつの間にかもう二十一時になろうとしている。寝るにはまだ少し早い気もするけど、その分明日早起きして沖縄観光を楽しもうと、せめて前向きに気持ちを切り替えようと思っていると。

「……ダメ。部屋には帰るけど、まだ寝ない」

そう言われて、月愛を見た。月愛は口をへの字に曲げていた。

「それじゃ、江ノ島のときと同じになっちゃう」

「えっ?」

「ねぇ、リュート」

テーブルに置いた俺の手に自分の手を重ねて、月愛は気持ち声をひそめて言った。

「あたしだって、進化してるんだよ?」

「え……?」

その言葉自体は、夜景レストランのときの俺のセリフのパロディだとわかるけど。

戸惑う俺に、月愛は俯《うつむ》いて自分の水色のカクテルを見つめる。

「……リュートには言ってなかったけど、あたし……ずっと練習してたの」

「な……何を?」

「オロ●ミンCの瓶で……」

「……?」

俺にはまだなんのことかわからない。そういえば、月愛は昔、オロ●ミンCの空き瓶を集めていたことがあったっけなと思い出した。

「最初の頃は、歯が当たってカチカチ音がしちゃうことが多かったけど……毎晩やってるうちに、今はもう、完全にコツを摑《つか》んだから」

そう言って、月愛はわずかに不敵にも思える微笑を浮かべる。

「……ちょっと自信があります」

「…………」

そして、もうなんのことか完全に理解して全身を熱くする俺に向かって、妖しく誘うように口を開いた。

「ここだけで、リュートを満足させられるって」

指差してみせる口元から、濡《ぬ》れた赤い舌先が、ぬらっと光ってのぞいていた。

エピローグ

部屋に帰ってくると、月愛はベッドの上で自分の服を脱いだ。

リゾートっぽい花柄のワンピースを、バンザイするように下からたくし上げ、頭を通して手から外す。

「……る、月愛？」

「だって、あたしが服着てたらコーフンしないでしょ？」

そう言いながら、月愛はベッドの上にワンピースを脱ぎ捨てた。

そんな大胆な行動のあとで、下着姿になったことには恥じらいがあるのか、自分を抱きしめるように身体に腕を巻きつけ、上気した顔で俺を上目遣いに見る。

「……やっと見せれた」

恥ずかしそうに、けれども満足げに、月愛はつぶやいた。

月愛は水色の下着をつけていた。上下お揃《そろ》いのデザインで、複雑なレース模様が華やかだ。出ている面積は水着とほとんど変わらないのに、この背徳感はなんだろう。こんもり丸みを帯びて隆起するバストも、ウエストから腰への流れるようなラインも、膝を曲げながらベッドに投げ出された脚も、照れたような視線も、すべてが艶かしい。

「……あたし、リュートと会うとき、いつも、とっておきの可愛《かわい》い下着つけてたんだよ？……知らなかったでしょ」

「えっ？　う、うん……」

ドキドキが止まらなくて、返事することにすら動揺してしまう。

「リュートとしたいって思うようになってから、新しいブラとパンツ買うとき、いつも『リュートはこういうのが好きかな？』って考えながら買ってたんだ」

恥ずかしそうに、けれども嬉《うれ》しそうに、月愛は視線を外しがちに話す。

「最初の頃に買ったやつは、もうボロくなって、とっくに普段用にしちゃってるけど」

そっと苦笑いして、月愛は俺を見た。

「それくらい長い間、うちら、もうずっと付き合ってるんだね……」

「……そうだね……」

あの桜並木を歩いた日からも、もう三年半が経《た》とうとしている。

「……触る？」

「えっ？」

「触っていいよ」

上目遣いで微笑みかけられて、俺の心臓はさらに早鐘を打つ。

「……あの、月愛、ほんとにいいの？」

今さらだけど、自分がとんでもなく図々《ずうずう》しいことをしてもらおうとしているのではないかという気がしてきた。

「せっかく月愛にしてもらっても……俺の方は、その……月愛を気持ちよくできないってことになるけど……」

「いいよ」

そんな俺に、月愛は優しく微笑む。

「女の子はね、好きな人の気持ちいい顔を見るだけで、自分も気持ちよくなれるんだよ」

そう言うと、俺の手を取って自分の胸に置き、そっと目を閉じる。

「……少なくとも、あたしはそう」

月愛の胸の弾力ある丸みと体温を、掌《てのひら》に直《じか》に感じる。そんな俺の手を包み込んでくれる、月愛の手のぬくもりも。

「頭の中で、何度もモーソーしたの。リュートの気持ちいい顔。それが見たくて、頑張って練習したし」

ひそやかに微笑《ほほえ》んで、月愛《るな》は俺の手を離した。俺も、月愛の肌から手を離す。

月愛はベッドから降り、ベッドに座る俺の正面で、床に膝をついた。

「だから……」

俺を見上げて、月愛は艶っぽい微笑を浮かべて囁《ささや》いた。

「今夜は、あたしでいっぱい気持ちよくなってね？」

「……月愛……」

身体《からだ》の中心が熱くなる。俺の精神力がもう少し脆弱《ぜいじゃく》だったら、これだけで達してしまっていたかもしれない。

「リュート……」

月愛が頬を欲情に染め、俺のズボンのチャックへ手を伸ばす。

……まさにその瞬間。


ブーッブーッブーッブーッブーッ！


突然、枕元のスマホが震え始めた。

しかも、俺のと月愛の、二台同時に。部屋に帰ってきてすぐ、枕元の充電コードにそれぞれ繋《つな》いだものだ。

「えっ、なになに⁉」

「緊急地震速報……じゃ、ないよな？」

スマホはただ震えているだけで、サイレンのような音は鳴っていない。

「…………」

俺と月愛は顔を見合わせた。スマホは震え続けている。

「……と、とりあえず確認しようか」

俺は完全に臨戦態勢だったけど、水を差されてしまったので仕方ない。

俺のスマホには、イッチーからの着信中を示す表示があった。

「……イッチー？」

なんだろう。久しぶりの連絡でいきなり電話をかけてくるなんて、イッチーらしくない。

「あたしは、アカリからだ」

自分のスマホを手に取った月愛が、俺に報告した。

「……どうしよう、出る？」

月愛に尋ねられて、俺は戸惑いながらも頷《うなず》く。

「そうだね……なんか気になるし」

このまま無視して月愛とイチャイチャしても、なんだか集中できなそうな気がする。

「はい、もしも……」

「カッシーぃぃ！」

通話ボタンを押すと、俺の応答を待ち切れずにイッチーの声が耳に飛び込んできた。

「ルナちーっ！」

月愛のスマホからも、谷北さんの声が聞こえてくる。

「な、何、イッチー？」

「どしたの、アカリ？」

俺たちが焦《あせ》って尋ねると、電話越しの二人は声をそろえて言った。

「どうしよう、カッシー！　彼女が妊娠しちゃったんだけど！」

「どうしよう、ルナち！　あたし妊娠しちゃった！」


「「えっ」」

短く驚いて、顔を見合わせた俺たちは。

「ええええ〜〜〜〜っ!?」

沖縄の中心で、「えー!?」を叫んだ。

あとがき

最近、作中の季節と、執筆時の現実の季節がなんとなく合っています。というわけで、今はまさに真夏！　一年で一番暑い時季です。

回想シーンで冬を書いているとき、少し涼しくなれました。合格発表の場面では「そりゃ、こんな可愛《かわい》い彼女が応援してくれてたら、さぞかし勉強も頑張れたでしょうなぁ？」と龍斗《りゅうと》に嫉妬の炎を燃やしながらも……。

合格発表といえば、今回母校の合格発表システムを調べてびっくりしました。私が受験した頃は、校舎前に貼り出される合格者の受験番号の紙から自分の番号を探し……というアナログスタイルが存在したのですが、なんともう、あの紙の掲示、今はやってないらしいです！　今の子は、自分の番号を指差して記念写真撮ったりできないんですね……。だからなんだって話ではありますが……軽くショックを受けた氷河期世代でした。

受験のシーンで言えば、月愛《るな》のマスク姿が可愛くて、イラストで見ることができて嬉《うれ》しかったです。可愛い子はマスクしてても可愛い！　でも、実はほんとに可愛い子って、マスク取った方が可愛いですよね。目元だけだと「普通の可愛い子」って印象なのが、全顔になった瞬間「めっちゃ可愛い子」になるというか……わかってもらえます？　同じ現象を月愛でも感じることができて、月愛ってほんとに可愛いんだな！　と再認識しました。

前巻は、成人になった各キャラクターの現況をドラマティックに描くことに注力した巻だったので、今巻では高校時代の回想を描くことができてよかったです。また、龍斗と月愛の関係に主眼を置いた巻でもありますが、いかがでしたでしょうか？

詩人の銀色夏生先生の詩に「私たち二人の関係が、私たち二人にしかわからない理由でずっと続いていきますように」というフレーズがあって、私はこの詩がとても好きです。私が相手に抱く気持ちは、相手が私に抱いている気持ちとは違うかもしれない。きっと違うと思う。それでもなぜか傍《そば》にいる。その理由は、お互いの心の中に存在する。この気持ちが愛でも恋でも友情でも、なんでもいいからこの人と繋《つな》がっていたい。そう思える人に出会った経験がある人には、心に響く言葉ではないでしょうか。

知人、友人、恋人、家族。誰かと誰かの関係性を表す言葉って、日常にそう多くは存在しない。でも本当は、人と人との関係の数だけ関係の多様性は広がっていて、私の友達が語る恋人論は、私と彼／彼女の物語には当てはまらない。そんな当たり前だけれども、ともすれば忘れがちになって、不安になってしまうような大切なことを、この作品では丁寧に描いていけたらいいな、なんて思っています。

さて、六巻で「沖縄行こう」とか書いちゃったから沖縄行かなきゃ！　ということで、春に沖縄行ってきました。二十年ぶりくらい、人生二回目の沖縄です。

ウミカジテラスもアメリカンビレッジも、「月愛が好きそうだなー！」と思いながら歩いてきました。ガイドブックを見てる段階から月愛が好きそうな場所をピックアップし、月愛だったらこうやって楽しむだろうなと思いながら観光していたので、私の写真フォルダにはチーズサーターアンダギーを伸ばしながら食べてる自撮りとか、ビーチでの水着の自撮りとか、年甲斐《としがい》のない写真の数々が眠っています。全部取材なんで……！

そもそもアムラー全盛期に青春時代を過ごしながらもギャルだった経験はなく（ルーズソックスは履いてました）、キミゼロを書き始めてからギャルの気持ちをわかろうとギャルのファッションやライフスタイルを学んでいるので、もしかしたら人生で今が一番ギャルかもしれないです。還暦くらいには完全体のギャルになれるだろうか。

今回もmagako様には素晴らしいイラストの数々を描いていただき、ありがとうございます！　担当編集の松林《まつばやし》様もいつもありがとうございます！

そしてついに！　いよいよ！

十月六日（金）からアニメの放送が開始します！　すでに主要キャストの方々のお名前が公開されていますが、本当に豪華ですよね……。どの方もアフレコのテスト演技から素晴らしかったので、きっと皆様のご期待を裏切らないと思います！

放送スケジュールやチャンネルにつきましては、公式サイトやX（Twitter）等でご確認をお願いします。私も本当に楽しみです！

それでは、八巻でまたお会いできますように！

二〇二三年八月　長岡《ながおか》マキ子《こ》

お便りはこちらまで

〒一〇二-八一七七
ファンタジア文庫編集部気付
長岡マキ子（様）宛
magako（様）宛

富士見ファンタジア文庫

経験済《けいけんず》みなキミと、経験《けいけん》ゼロなオレが、お付《つ》き合《あ》いする話《はなし》。その７

令和５年９月20日　初版発行

著者――長岡《ながおか》マキ子《こ》

発行者――山下直久

発　行――株式会社KADOKAWA
〒102-8177
東京都千代田区富士見2-13-3
0570-002-301（ナビダイヤル）

印刷所――株式会社暁印刷

製本所――本間製本株式会社

ISBN978-4-04-075011-8 C0193

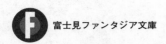